우울의 고백

인문학 클래식

3

우울의 고백

샤를 보들레르
서간집
이건수 옮김

민음사

차례

2부

3부

일러두기

1 보들레르 서간 번역에는 다음 책을 사용하였다.

Baudelaire, Correspondance I et II, Gallimard(Bibliothèque de la Pléiade), 1973.

2 역자 주, 작품 해설, 작가 연보는 아래 책들을 참고하였다.

Baudelaire, Correspondance I et II, Gallimard(Bibliothèque de la Pléiade), 1973.

_____, Correspondance, Gallimard(Folio Classique), 2000.

Charles Baudelaire, Nouvelle lettres, Fayard, 2000.

_____, Lettres inédites aux siens, Grasset, 1966.

_____, Selected Letters of Charles Baudelaire — The Conquest of Solitude(Translated by Rosemary Lloyd), The University of Chicago Press, 1986.

ボードレール, 批評4 ボードレール, 書簡 (阿部良雄 訳), 筑摩書房, 1999.

Claude Pichois et Jean-Paul Avice, Dictionnaire Baudelaire, Du Lérot, 2002.

Martine Fisher, Du commerce épistolaire: Baudelaire et ses correspondants, 1832-1866, Université McGill, 1998.

이건수, 『보들레르: 저주받은 천재 시인』, 살림, 2006.

_____, 『보들레르의 풍자적 현대문명 비판: 『벨기에 기행』을 중심으로』, 살림, 2020.

3 서간 원문에서 보들레르가 강조하기 위해 밑줄 친 부분을 번역문에서는 고딕체로 표기하였다.

4 부록인 샤를 아슬리노의 「보들레르 일화집」 번역에는 다음 책을 사용하였다.

Eugène Crépet et Jacques Crépet, Charles Baudelaire — Étude biographique- suivie des Baudelairiana d'Asselineau, Messein, 1906.

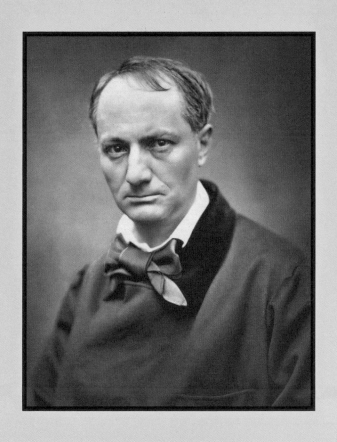

에티엔 카르자가 찍은 보들레르(1861년)

귀스타브 쿠르베가 그린 청년 보들레르(1848년)

펠릭스 나다르가 찍은
보들레르의 초상(1862년)

에두아르 마네가 그린
보들레르의 옆모습(1862년)

에두아르 마네가 그린
보들레르의 정면 초상(1865년)

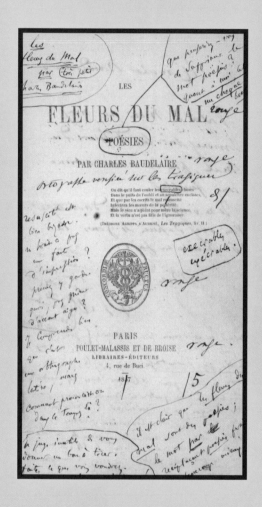

『악의 꽃』 초판본(1857년)에 적혀 있는 보들레르의 손 글씨

샤를 보들레르 자화상(1848년)

1부

1 여행 다니는 삶[1]

알퐁스 보들레르[2]에게

형님, 매달 첫날이면 형님께 편지하라고 말씀하셨기에 제 임무를 수행하렵니다. 여행에 대해 말씀드릴게요.

엄마의 첫 번째 덤벙거림은 마차 지붕 위에 옷가지들을 실으라고 하시면서 당신이 방한용 토시를 끼고 있지 않은 것을 아시고는 소란스럽게 소리를 질렀던 겁니다. "그런데 내 토시는?" 저는 엄마께 침착하게 대답했어요. "제가 어디에 있는지 아니까 찾으러 갈게요." 엄마는 토시를 서재의 긴 의자 위에

---

1   1832년 1월 12일경 파리를 출발한 모친과 시인의 합승 마차 이사 여행은 의부의 새 주둔지인 리옹에 도착하는 데 사흘 반나절이 걸렸는데, 이 편지는 이복형에게 그 과정을 전하고 있다.

2   알퐁스 보들레르(1805-1862)는 시인의 부친 프랑수아 보들레르의 첫 결혼에서 태어난 16세 연상의 이복형으로 파리 인근 퐁텐블로의 변호사였다.

두었답니다.

우리는 마차에 올라 드디어 출발합니다. 저로 말할 것 같으면 토시, 물방울 장식, 모피 슬리퍼, 남성용과 여성용 모자, 외투, 베개, 담요, 많이많이, 모든 종류의 보닛 모자, 구두, 모피로 안을 댄 실내화, 발목 부츠, 바구니, 잼, 강낭콩, 빵, 냅킨, 거대한 닭고기, 숟가락, 포크, 나이프. 가위, 실, 바늘, 핀, 빗, 드레스, 속치마, 많이많이, 모직 양말, 면양말, 겹겹이 쌓인 코르셋, 비스킷, 그 나머지 제가 기억할 수 없는 것들로 인해 처음에는 기분이 매우 언짢았어요.

두 발을 언제나 가만 두지 않는 제가 꼼짝도 못 하고 겨우 차창에 끼어 있을 수밖에 없었던 상황이 형님도 잘 느껴지실 거예요.

전 곧 평소처럼 다시 쾌활해졌어요. 샤랑통에서 역마를 교체하고 우리는 계속해서 길을 갔습니다. 이제는 역참들이 잘 기억나지 않지만, 저녁마다 들른답니다. 날이 질 무렵에 저는 노을이 지는 매우 아름다운 풍경을 보았어요. 불그스름한 색깔이 짙은 장막같이 파란 산들과 묘한 대조를 이루고 있었습니다. 저는 작은 비단 보닛 모자를 쓰고 마차 뒤쪽으로 가 봤어요. 여행 다니는 삶은 언제나 제 마음에 드는 생활을 하는 것처럼 여겨집니다. 형님께 더 쓰고 싶지만, 오늘의 불편한 주제로 저는 이쯤에서 제 편지를 끝내려 합니다.

형님의 동생.

샤를 보들레르.

잊지 마시고 저를 대신해서 형수님과 처남 테오도르에게 입맞춤해 주세요. 3월 1일에 여행 속편을 형님께 보내 드릴게요.

엄마와 아빠가 형님에게 안부 인사를 전하네요.

1832년 2월 1일

리옹

2 유일한 작은 신사

알퐁스 보들레르에게

형님, 저는 빌뇌브라기야르에 있다가 지금은 여행을 하고 있습니다. 이 도시를 떠나며 우리는 한참이나 대로 위를 여행 했는데, 길은 녹음 없는 마른 나무들이 두 줄로 심어져 있는 단조로운 모습이었습니다.

여행이 더 이상 생생하게 떠오르지는 않지만, 이때부터 비탈이 자주 나와서 우리에게 말이 열인지 열한 필 배정되었던 적이 있다는 것은 알고 있어요. 앞에서 말했다시피 더는 잘 생각나지 않지만, 기억은 우리가 샬롱에 가까이 가던 순간으로 넘어가네요.

샬롱에 가까워지자 비탈이 나와서 엄마, 하녀 그리고 저 우리 모두는 마차에서 내렸어요. 언제나 활동적인 저는 성큼 성큼 내달려야 하기에 엄마와 마차로부터 꽤나 앞서가고 있었습니다. 이윽고 엄마도 마차도 시야에서 사라져 버렸어요. 여기서 고백해야 할 것은 제가 매우 만족했다는 사실입니다. 샬롱에서 리옹에 이르는 큰길 위에서 제가 유일한 신사처럼 보였기 때문이지요.

엄마가 마차에 다시 타라고 불렀는데, 근처에 제가 없었습니다. 마차로 돌아오라고 부르는 엄마의 목소리가 마침내 들리더군요. 그러더니 여행객 중 한 사람이 말을 걸더라고요. "대로에서 혼자 앞서 달려가던 작은 신사분이 여기 있군요."

사람들이 저를 신사라는 명칭으로 불러 준다는 사실에 저는 기쁘지 않을 수가 없었어요. 그 나머지는 너무 아름답고 묘사하기에 어려워서 형님께 보낼 다음 편지를 쓸 때까지 곰곰이 생각해 봐야 합니다.

테오도르와 형수님에게 입맞춰 주세요. 뒤세수아 씨와 부인[1]께도 저를 대신해 안부 인사 전해 주시고요.

답장 부탁해요.

형님의 동생.
C. H. 보들레르.

1   알퐁스의 장인, 장모.

1832년 3월 3일

리옹

3 반란자 막내

알퐁스 보들레르에게

형님, 우리 중학교에 엄청난 소동이 있었어요. 자습 선생이 학생 하나를 가슴에 통증을 느낄 정도까지 때렸습니다. 그 학생은 너무 아파서 일어날 수도 없었고요.

사건의 자초지종을 모두 말씀드릴게요. 학생은 수업이 시작한 지 반시간이 지나고 과제를 잊어버려 과제가 뭐였는지 알아보려고 쪽지를 돌렸어요. 선생이 이것을 보고는 그에게 평소처럼 욕을 했습니다. 학생은 쪽지 돌리기를 계속했고, 그 때문에 선생은 학생을 구타하기 시작했는데, 여기에 맞선 반격으로 학생이 발길질을 몇 번 했습니다. 선생이 학생 허리에 발길질을 한 번 하면서 이 싸움은 단번에 끝이 났어요. 이때 식사 시간을 알리는 북소리가 울렸고, 학생이 평소처럼 줄을 서니 자습 선생은 그에게 다른 학생들과 같이 갈 자격이 없다면서 줄 맨 끝으로 가라고 했습니다.

화가 덜 풀린 선생은 식사에서 돌아온 학생을 석탄 보관통 안에 앉혔습니다. 그는 수시로 와서 학생에게 손찌검했어요. 허리가 결딴난 학생은 저항할 수 없었지요. 그러고는 자러 갔어요. 이틀 후 저는 외출이 있었고요. 저녁 때 돌아오니 양호실에 있던 이 학생이 더 못 버티고 기절했었다고들 하네요. 간호사는 자습 선생을 물러나게 하려고 마음먹었지만, 교장이 그를 끼고돌아 아직은 확실하지 않습니다.

학생들이 교정에서 자습 선생을 비난하는 시위를 크게 벌여 교장이 사택에서 이 소란을 듣게 되었습니다. 자습 선생은 쓴웃음을 지으며 아이들이 자기에게 대항하는 것을 비웃었어요. 저는 반란자들 편입니다. 자습 선생의 기분이 상할까 봐 전전긍긍하는 그런 아첨꾼 무리에 속하기를 원치 않습니다.

자신들에게 주어진 권리를 남용하는 자들에 대한 복수. 이것은 파리에서 일어난 여러 폭동들[1]의 슬로건이었지요. 만약 이 자습 선생이 스스로 물러나지 않는다면, 우리들은《리옹 통신(Le Courrier de Lion)》에 투고할 겁니다.

안녕히 계세요. 좋은 저녁 되시고요. 모든 이들, 특히 형님

1 1830년대 초 부르봉 왕정복고에서 루이 필리프의 7월 왕정으로 넘어가던 혼란기의 거리 폭동들.

을 위해서 저는 아빠, 엄마를 대신해 많은 것을 기원하고 있습니다.

반란자 막내
샤를.

형님이 제게 썼던 편지들이 엄마 집에 있는데, 저는 아직도 형님 댁 주소를 기억 못 하고 있네요.

1833년 3월 25일
리옹

4 선물 감사 편지

알퐁스 보들레르에게

형님, 보내 주신 아름다운 장정의 청춘 시집에 대해 바로 인사 드렸어야 했는데 이렇게 늦장 부린 것에 의아해하지 말아 주세요. 제 탓이 아니라 어머니의 실수입니다. 아빠가 귀가 해서는 형이 저에게 보낸 편지 한 통을 가지고 있다고 하시더군요. 그런데 그날 저녁에 저는 학교 기숙사로 그냥 돌아가 버리고 말았어요. 짐을 푸는 데 하루 종일이 걸리는 바람에 엄마는 제게 그 편지를 전해 주는 것을 깜빡 잊으셨고, 오늘까지 그렇게 지내신 거예요.

그래서 저도 형님께 새해 선물을 드리고자 합니다. 짐작하신 것처럼 우수한 성적을 내서 1, 2등을 하겠다는 겁니다. 그러기 위해 온갖 노력을 다할 거예요. 이것을 이루리라 확신하는 것은 작년에 제가 전 과목에서 2등이었고, 종합 4등으로 우등 장려상을 받았기 때문입니다. 별 노력 없이 이런 성과를 거둔 것이 좀 부끄럽기도 해요. 하지만 올해는 어쨌든 기를 쓰고 열심히 공부하려고 합니다. 성공하지 못하더라도, 적어도 후회는 없도록 하려고요.

이름이 호명되어 상을 받으러 앞에 나갈 때 "일곱 번이나 호명됐어!"라는 수군거림을 들으면 정말로 기분이 날아갈 것 같겠죠. 모든 과목마다 우등생으로 호명되는 것! 그리고 시상을 하는 이가 자신의 어머니나 아버지라면! 상장을 하나도 놓치지 않았던 어떤 학생의 기뻐하던 모습이 아직도 생생히 기억납니다. 또 다른 학생은 자기 자리로 상품을 가져다 놓을 틈이 없을 정도로 상을 많이 탔어요. 저도 상을 타게 된다면 즉시 형님께 편지를 쓸 테니 안심하세요.

이렇게 상을 여럿 타게 되면 부상으로 받은 책들이 잔뜩 쌓일 테고, 부모님과 형님 역시 기뻐하며 선물을 사 주시겠죠. 이런 선물들은 뜻깊은 것이기에 형님이 주신 근사한 청춘 시집에 대해서도 진심으로 감사드립니다. 그동안 형님이 주신 선물 중에 그 멋진 칼이 특히 생각납니다. 지금까지 주신 선물들은 모두 정말 훌륭했어요.

아빠는 주마등 놀이 기구[1]를 제게 선물로 사 주셨습니다. 그 이름은 물건만큼이나 이상합니다. 파리에 계시는 형님은 이것이 무엇인지 알고 계시겠지요. 거기에는 벌써 많이 있을 테니까요. 이미 알고 계실 것 같지만, 혹시 모르니 이 기구가 무엇인지 설명해 드릴게요. 그래야 "그게 뭔지 모르겠지만, 주마등 놀이 기구가 나랑 무슨 상관이람!"이라고 말씀 못 하실 테죠.

판지로 된 상자인데, 그 속에는 받침 위 두 개의 촛불 사이에 작은 거울이 하나 놓여 있어요. 돌리는 손잡이도 있는데, 여기에 작은 구멍들 주위에 뚫어 놓은 판지의 동그라미를 맞추는 거지요. 그 위에다 그림이 그려진 다른 판지를 덧붙이면 그림은 거울을 향해서 돌아갑니다. 자루를 돌리면서 작은 구멍들을 통해 거울 안을 들여다보면 매우 아름다운 그림들이 보이는 겁니다. 제 설명이 이해되시겠지요?

형수님께 안부 전해 주세요. 포옹하며, 안녕.

카를로스.

1833년 11월 23일
리옹

---

1 12세 보들레르는 설명을 돕기 위해서 세 개의 소묘를 그려 넣었다. 현재 그림은 전해지지 않고 있다.

5 저에게 실망하지 말아 주세요

오픽 중령님과 부인[1]께

아빠와 엄마, 제가 두 분께 편지를 쓰는 이유는 부모님께 그토록 많은 고통을 드리고 있는 이런 상태로부터 저를 끌어내려는 희망이 아직은 약간이나마 남아 있다는 것을 납득시켜 드리기 위해서입니다. 이 편지를 읽자마자 엄마는 "이젠 못 믿겠어."라고 하실 거고 아빠 역시 같은 말을 할 것임을 잘 알지만, 그렇다고 낙담하진 않습니다. 제 어리석은 짓들에 대한 벌로써, 두 분은 더 이상 학교에 저를 보러 오지 않으시겠죠. 그

---

1   후일 장군으로 진급한 후 대사와 상원 의원을 역임한 자크 오픽(1789-1857)은 1828년 샤를이 일곱 살 때 그의 모친과 결혼하여 의부가 되었다. 시인의 모친 카롤린 뒤파이(1793-1871)는 34세 연상인 프랑수아 보들레르(1759-1827)와 1819년 결혼, 남편의 사망 1년 후에 오픽 소령과 재혼했다.

러나 훌륭한 충고와 격려를 위해 마지막으로 딱 한 번만 와 주세요. 저의 모든 어리석음은 경솔함과 태만에서 기인합니다. 지난번에 더 이상 부모님께 괴로움을 드리지 않겠노라 약속드렸을 때도 저는 진심으로 말씀드렸던 것이고, 부모님께서 "우리들의 정성을 알아 주는 아들이 있구나."라고 말씀하실 수 있도록 저는 열심히 공부하고 또 공부할 결심을 가지고 있었어요. 그러나 경솔함과 게으름이란 것이 제가 약속드릴 때의 마음가짐을 망각하도록 만들어 버렸습니다. 바로잡아야 할 것은 제 마음이 아니고(제 마음은 언제나 선량하니까요.) 고정시켜야 할 것은 제 정신으로, 사고력이 제대로 새겨지기 위해서는 정신부터 건실하게 숙고할 수 있도록 만들어야 합니다.

부모님은 제가 배은망덕하다고 믿기 시작하셨고, 어쩌면 그렇게 확신하고 계실 겁니다. 어떻게 두 분께 그 반대라고 증명할 수 있을까요? 제가 아는 유일한 방법은 즉시 공부하는 것입니다. 그러나 앞으로 제가 무엇을 할 수 있건 간에, 부모님께 보답해야 할 바를 망각한 채 게으름 속에서 허송세월해 버린 그 시간은 언제나 오점으로 남을 것입니다. 석 달 동안의 나쁜 행실을 어떻게 한순간에 잊으시도록 할 수 있을까요? 저는 알 수 없어요. 하지만 그것이 제가 원하는 바입니다. 제게 즉각 부모로서의 신뢰와 호의를 돌려주시고, 학교에 오셔서 이미 신뢰와 호의를 돌려주셨다고 제게 말씀해 주세요. 이렇게 하시는 것만이 저를 한순간에 심기일전하게 할 최선의 방법이니까요.

두 분은 저에게 실망하셨어요. 치유할 수 없는 병을 가지고 있고 모든 것에 무관심하게 되었으며, 나태 속에서 시간을 보내고, 나약하고 무기력하여 다시 일어설 용기도 없는 아들에게 말입니다. 저는 나약하고 무기력하고 태만했으며 한동안 아무 생각도 못 했지요. 그 어떤 것도 제 마음을 바꿀 수는 없습니다. 그나마 그런 결점들에도 불구하고 저에겐 여전히 좋은 마음이 남아 있어요. 이런 마음 때문에 저는 자신에게 실망해서는 안 되겠다고 느끼게 되었죠. 게으름과 그 결과인 처벌들로 보낸 생활에서 비롯되는 권태, 그 속에서 떠올랐던 상념들을 두 분께 전달하는 편지를 쓸 수 있겠다는 생각이 들었어요. 그리고 어쩌면 저를 배은망덕한 사람이라 여기실 수 있겠다는 짐작도 제게 약간의 용기를 주었답니다.

만약 두 분께서 친히 학교에 올 용기가 더는 없으시다면, 제게 답장해 주세요. 두 분이 면회실에서 주고 싶으셨을 충고와 격려를 편지 한 통에 담아 주세요. 목요일 아침에 자연사 석차를 발표하는데, 저는 좋은 등수를 기대하고 있습니다. 저의 이런 희망 섞인 바람대로, 어쩌면 두 분이 학교에 오실 의향이 생기실까요? 저는 최근에 줄곧 매우, 매우 나쁜 석차를 받았지만, 이런 모욕감을 바로잡겠다는 욕구로 오늘 아침 시험에 최선을 다했습니다. 새로운 태도로 저의 전적인 변화를 두 분께 증명하기 이전에는 학교에 더 이상 오지 않겠다는 단호한 결심을 하셨다면, 제게 편지해 주세요.

저는 부모님의 편지를 소중히 간직하고 자주 꺼내 읽을 것인데 이는 저의 경솔함과 싸우기 위해서이고, 후회의 눈물을 흘리기 위함이며, 게으름과 경솔함으로 저질러 버린 고쳐야 할 실수들을 잊지 않기 위해서입니다. 이 편지의 서두에서 말씀드렸다시피 제 마음은 전혀 그렇지 않아요. 가벼운 천성, 물리칠 수 없는 게으른 성향이 저로 하여금 이 모든 과오들을 저지르게 만들었으니까요. 믿어 주세요. 확신하건대 두 분은 중학생 아들이 하나 있다는 것을 설마 잊지는 않으셨을 겁니다. 심지어 그 아들 녀석이 여전히 사람의 마음을 갖고 있다는 사실을 잊으시면 안 됩니다.

이상이 제가 두 분께 드리고 싶었던 말씀입니다. 목표는 매우 단순하게도 부모님께서 제게 실망해서는 안 된다는 것을 믿게 하는 겁니다. 자신의 부모가 면회 오기를 거부하며 엄격한 처벌 수단을 막 사용하려 한다는 생각이 든다면, 그 누가 부모님이 잘못 생각하고 있다는 것을 알려 드리려 재빨리 편지를 쓰지 않겠습니까?

제게 와닿는 건 엄격한 수단이 아닙니다. 부모님으로 하여금 이런 수단들을 사용하게 하는 것은 수치입니다. 제가 애착을 갖는 것은 그냥 외출 시 편하게 가 있을 수 있는 집이 아

닙니다. 제가 민감하게 느끼는 것은 두 분을 만나는 기쁨이고
하루 동안 부모님과 수다를 떠는 즐거움이며, 제 학업에 대해
서 엄마와 아빠가 해 주실 수도 있는 칭찬들입니다. 변하겠노
라고 두 분께 약속드리니 제게 실망하지 마시고요, 제 약속을
계속 기대해 주세요.

샤를.

1834년 2월 25일
리옹

6 베르사유의 그림들

오픽 대령님께

아빠, 더 일찍 답장드리지 못한 것을 용서해 주세요. 엄마 아빠께 과목 석차들을 알려 드리고 싶었기 때문인데요, 이제야 전부 나왔네요. 저는 프랑스어 논술에서 6등, 라틴어 논술에서 4등, 라틴어 운문에서는 1등을 했습니다. 학생들은 요즘 상이 걸려 있는 작문 시험에 신경을 쓰고 있고, 산책을 하며 일과를 보냅니다. 숙제는 없고요. 이런 한가한 시간은 학년 말까지 계속될 겁니다.

저는 독서를 계속하고 있습니다. 작문 시험을 따로 준비하고 있지 않지만, 전혀 불안하지 않아요. 시험 당일에 한껏 전념할 생각입니다. 전국 학생 작문 대회만이 저를 두렵게 합니다. 엄마는 여기에서 제 이름이 호명되는 것을 그토록 바라고 계시기에 혹시라도 제가 입상하지 못한다면 저를 용서하지 않으실 것도 압니다. 그러나 그 누구도 어떤 것이든 확신할 수는 없지요. 중학교 생활에서도 그러했듯이 이 대회에서도 저는 가진 모든 힘을 다 쏟을 겁니다.

며칠 전에는 학교의 모든 선생들과 학교 인근 기숙사 통학생 전체가 베르사유에 다녀왔어요. 국왕께서 모든 왕립 학교들을 차례로 초대해 주고 계시거든요. 파리 이공과대학도 바로 저희 앞에 다녀갔습니다. 저희들은 모든 방과 예배당 안을 거닐었고, 천장이 낮은 홀에서 열린 만찬에 참석했습니다. 이어서 국왕께서 오셔서 그의 뒤를 따라 다시 산책했고요. 마지막에는 국왕 폐하께서 저희를 공연장으로 안내했는데, 그 안에 무대가 마련되어 있었습니다. 하루를 훌륭하게 마무리할 공연을 베풀어 줄 수 없어서 아쉽고, 당신이 받은 환영에 대해 우리에게 감사한다고 말씀하셨어요. 폐하께서는 도말 공작, 살방디 백작[1], 군사 참모들을 대동하고 계셨습니다. 다시 출발하여 길가를 보니 행인들이 멈춰 서서 대여 마차 백 대가 줄지어 행진하는 것을 구경하더군요.

사실 회화에 관해서는 문외한이기에 제가 옳은지는 모르겠지만, 좋은 그림들은 손에 꼽을 만했던 것 같아요. 어쩌면

---

1   살방디 백작은 당시 교육부 장관이었다.

어리석은 말을 하는 것일 수도 있는데, 오라스 베르네의 그림 몇 점, 아리 셰퍼의 그림 두세 점, 그리고 들라크루아의 「타유부르의 전투」를 제외하고는 어떤 것도 기억에 남아 있지 않네요. 잘은 모르지만 르노[2]의 조제프 공작의 결혼에 관한 그림 역시 제외해야겠군요. 이 그림은 전혀 다른 방식으로 돋보였습니다. 제정 시기의 그림들은 매우 아름답다고들 하는데, 대체로 규칙적이라 그만큼 차가워 보입니다. 그림 속 인물들도 나무들이나 오페라의 단역들처럼 대체로 간격을 두고 배열되어 있어요. 사람들이 그토록 칭찬하는 제정기 회화들에 대해 제가 이렇게 이야기한다는 것이 꽤나 우스꽝스럽게 느껴지네요. 어쩌면 제가 생각 없이 함부로 말하는 것일 수도 있고요. 저는 제가 받은 인상들을 설명하는 것뿐입니다. 어쩌면 들라크루아를 격찬하는 《라 프레스》[3]를 즐겨 읽었던 결과일까요? 이튿날 《르 샤리바리》라는 풍자 신문에서는 만찬 후에 우리가 졸작 그림들에 질려 버렸다고 언급했네요.

사촌 르바이앙이 저를 보러 왔습니다. 제가 잊고 있던 자신의 주소를 알려 주었어요. 친절하게도 드 비테른 씨도 오셨

2　장 바티스트 르노(1754-1829)는 시인의 선친 프랑수아의 친구로서 그의 초상화를 그려 준 화가다.

3　3월 22일 자 《라 프레스》에는 시인이자 미술 평론가인 테오필 고티에(1811-1872)의 「1838년 미전평」이 실렸다. 여기에서 그는 낭만주의 회화를 창시한 거장 외젠 들라크루아(1798-1863)를 찬미하여 보들레르의 공감을 얻었다.

습니다. 모랭 씨[4]는 아침에 왔고요. 절 데리고 나가도 되겠느냐고 아빠께 물어보셨는데, 그런 편애에 다른 이들 마음이 상할걸 걱정해 거절하시더라고 말씀해 주셨습니다. 하지만 꼭 필요하다면 친구들 모르게 아저씨가 얼마든지 아빠께 알리고 저를 외출시켜 주겠다고 하셨어요.

이런 제안에 제가 기뻐하는 이유는 다음과 같아요. 저는 요즘 읽고 있는 작품들, 문학 사상들, 라틴어 작가들, 오늘 한일, 인생에서 해야 할 것 등등에 관해 저의 담당 교사이신 랭선생님과 이야기 나누러 매우 자주 갑니다. 제가 현대 작가들을 매우 좋아한다는 것을 아시고 저와 함께 현대 작품 하나를 골라 오랫동안 분석하고, 제게 그 작품의 장단점을 느끼게해 줄 수 있다면 선생님도 흡족하니 목요일 언제든 자택으로 만나러 오라고 하셨어요. 제게 랭 선생님은 대가입니다. 그래서 저는 모랭 씨의 외출 제안에 기뻤던 거지요. 그러나 불행하게도 교장이 제 외출을 막았어요. 출발 전에 엄마가 교장에게 외출 금지를 부탁해 놓았기 때문이지요. 그래서 말인데요, 때때로 모랭 씨 댁으로 외출하는 것을 아빠가 허락한다는 것을 증명할 편지 한 통을 보내 주실 수 있는지 여쭙니다. 이 허가서는 랭 선생님 댁 방문 이외에는 절대 사용하지 않겠습니다. 평

---

4   비테른과 모랭은 오픽 대령이 참모장으로 있는 1사단 참모부의 부하 중령들이다.

소에는 제 방에만 머물 것이고, 모랭 씨가 언제 시간이 나는지도 상의하겠습니다. 게다가 저는 외출 허가를 드물게 사용할 텐데, 부모님과 함께 있거나 랭 선생님과 대화하는 것이 아니라면 제게 가장 덜 지겨운 곳은 여전히 학교니까요.

감히 아빠의 부상에 관해서는 언급할 수가 없네요. 아빠께서는 사람들이 아빠에게 불안감을 내보이는 것을 싫어한다고 알고 있어요. 엄마는 천천히 좋아지실 거라 생각합니다. 만약 아빠께 도움이 된다고 여기신다면, 머무르세요. 내년까지요. 저는 여름방학보다 아빠의 고통이 조금이라도 줄어드는 것을 더 바랍니다.

엄마는 제게 유쾌한 편지들을 보내 주십니다. 엄마께 감사하다고 전해 주세요. 아빠께서 제 외출에 동의하신다면 될 수 있는 한 빨리, 학기말이 오기 전에 답장이 도착하도록 부탁드려요. 랭 선생님을 만나러 가는 데 아빠의 허가를 사용할 시간을 가졌으면 해서요. 안녕히 계세요.

저는 아빠를 무척이나 사랑합니다.

샤를.

1838년 7월 17일

파리

7 문학에 질려 버렸습니다

오픽 부인께

엄마, 작문 시험은 모두 끝났습니다. 전국 학생 작문 대회에 대해선 아직 아무것도 모릅니다. 단지 엄마께 드릴 수 있는 말은 그나마 운문 작문을 제외하고는 제게 희망이 없다는 것입니다. 석차에 대해서 선생님께 물었더니 제 운문 작문과 라틴어 논술 합동 성적이 나쁘다고 답을 하시더군요. 이렇게 한 학년이 끝을 맺게 되고, 중학교도 졸업입니다. 우연찮게 엄마가 상장 수여식을 위해 상경하신다면 교장 선생님께 제가 어떤 상을 타는지 여쭤 보겠지만, 그렇지 않다면 저는 당연히 시상식에 가지 않을 거예요. 저는 두 분이 돌아오시는 것을 바라지 않습니다. 2주 후면 두 분이 돌아오실 거라고 제가 말을 꺼냈더니 쟁즈 씨도 그건 무모하다며 가능한 모든 시간을 여유롭게 즐기며 마지막 순간까지 온천에 계셔야 한다고 말하네요. 모랭 씨 역시 부모님이 그토록 서둘러 돌아오시는 것을 매우 의아하게 여깁니다. 거기 계시는 동안 꼭 확실하게 치료가 되도록 하세요. 잠시 있자고 그토록 긴 여행을 하실 건 아니잖아요? 돌아오시기 전에 잘 숙고하시고, 만약에 온천 효과가 지속된다면 어떻게 해서든 아빠를 만류해 주세요.

쟁즈 씨가 말을 탄 엄마를 직접 보았는데, 엄마가 매우 재미있어하며 즐거워하셨다는 거예요. 아! 엄마가 매우 기쁘고 행복해하셨다니. 제 상태를 말씀드리자면, 저는 정반대의 상태에 놓여 있습니다. 너무 권태로워서 때론 이유도 모른 채 울고는 합니다. 한편으로 엄마께 온천에 머물라고 말하고, 다른 한편으로는 엄마를 다시 부르기 위해 제 지루함을 토로한다고 놀라지 마세요. 만약 그러는 게 낫다면 전 엄마가 그곳에 머무시길 바라고 있습니다. 스스로에 관해 말하는 것은 단지 이것이 제게 흥미로운 관심사이기 때문이에요.

아무튼 저는 매우 슬픕니다. 우선 저는 제 자신에게 기분이 나쁩니다. 성공하지 못할까 봐 두려움에 떨고 있는 저는 잔인할 정도로 자존심에 상처 입었다고 엄마께 고백합니다. 중학교 성적은 전혀 중요하지 않다는 둥 자위하며 초탈한 척 해봐야 소용없습니다. 중학교에서의 성과가 큰 즐거움 중 하나였던 것 또한 사실이니까요. 이렇듯 저는 제 자신에게 싫증이나고, 타인들은 저를 한층 더 지겹게 합니다.

엄마는 제게 읽으라고 말씀하시겠지요. 젠장, 엄마가 출발하신 이후, 즉 수업 시간에 더 이상 아무것도 배우지 않은 뒤로 제가 한 일이라고는 독서뿐이었어요. 엄마도 아시다시피 학년말에는 두 달이 빕니다. 이때 읽을 책을 구입할 돈이 없는 학생들은 매우 불행하지요. 그런 학생들은 밤낮없이 잠만 잡니다. 저는 책을 구입하는 데 용돈을 거의 다 썼는데, 동료 학생 한 명 때문에 압수당한 네 권짜리 작품 한 질 값을 치러야 했기 때문이에요. 저는 현대 작품들만 읽어 보았습니다. 어디서나 언급되는 명성이 있어 모든 이들이 읽어 대는 이런 작품들 중에는 좀 나은 것도 있답니다. 글쎄, 모든 것이 생경하고, 과장되고, 기괴하고, 부풀려져 있지요. 특히 제가 유감으로 여기는 이는 외젠 쉬로, 그의 책이라고는 딱 한 권 읽었을 뿐인데 지루해 죽는 줄 알았습니다. 저는 이 모든 것에 염증이 납니다. 제 마음에 들었던 것은 드라마들, 빅토르 위고의 시들과 생트뵈브의 책 한 권(『관능』)뿐입니다. 저는 문학에 완전히 질려버렸습니다. 사실 제가 독서를 시작한 이래 제 마음에 쏙 드는, 처음부터 끝까지 제가 좋아할 수 있는 작품을 아직껏 하나도 찾아내지 못했어요. 그래서 더는 책을 읽지 않습니다. 취했으니 더 이상 횡설수설하지 않겠어요.

엄마를 떠올려 보면, 제게 엄마는 영원한 한 권의 책입니다. 엄마와 대화를 나누면 누구나 엄마를 열렬히 좋아하게 되지요. 다른 즐거움들에는 질리지만 엄마에게는 그렇지 않아요. 정말로 어쩌면 우리 모자가 헤어져 있었던 것이 다행입니다. 현대 문학에 혐오감을 느끼는 저를 알게 되었고, 엄마의 부재를 느끼며 그 어느 때보다도 엄마를 사랑하는 것도 깨닫고 말이죠. 돌아오시면 알게 될 겁니다. 제가 엄마를 사랑한다는 사실은 알고 계시겠지만, 입맞춤과 세심한 배려와 친절함을 듬뿍 받으신 엄마는 제가 그 정도로 엄마를 사랑하는 것에 더욱 놀라실 거예요. 안녕히 계세요. 누구보다 자신을 사랑할 사람에게.

젊은 루비에가 학생을 찾으러 중학교에 왔습니다. 그를 보았는데, 그는 시력이 상할 정도로 일을 합니다. 알퐁스 에이마르[1]는 생시르 사관학교 입학 시험을 탁월하게 치렀습니다. 번역 과목 석차를 마지막으로 발표했는데, 저는 4등입니다.

제 모든 마음을 담아 아빠께 입맞춰 주세요.

샤를.

편지들이 엄마가 출발하신 후에 도착하지 않게 하려면,

---

1 시인의 리옹왕립중등학교 동급생인 에두아르 알퐁스 에이마르(1820-1880)는 장군의 아들로, 그 역시 장군이 된다.

또 편지들이 분실되지 않게 하려면 어느 날짜까지 편지를 보낼 수 있는지 알려 주세요. 이제부터 저는 매일매일 엄마께 편지 쓸 거예요.

1838년 8월 3일
파리

8 복습 교사

오픽 대령님께

제가 편지를 드리는 것은 아빠를 매우 놀라게 할 요구 사항을 말씀드리기 위해서입니다. 아빠는 제게 펜싱과 승마 교습을 약속하셨지요. 내키신다면 이것 대신에 복습 교사가 가능할지 여쭙니다. 복습 교사는 아무짝에 소용없으며, 때로는 오히려 학생에게 해가 된다고 말하곤 했습니다. 학생이 게을러 복습 교사가 혼자 떠들게 하고 복습 교사는 자신의 의무만을 한다면 이 말은 전적으로 맞습니다.

그러나 저는 엄밀한 의미에서 학교 수업을 따라가기 위해 도움이 필요한 것이 아닙니다. 제가 복습 교사에게 요구할 것은 철학 심화 학습으로 학교 수업에서는 행해지지 않는 것, 말하자면 종교(이것에 관한 연구는 대학의 학습 과정에 포함되어 있지 않습니다.)와 미학 또는 예술철학(교수는 학생들에게 이것을 알아보게 할 시간을 분명 두지 않을 것입니다.)이지요.

복습 교사에게 제가 요구하고픈 것은 역시 그리스어입니다. 네, 제가 전혀 모르는 그리스어를 가르쳐 달라는 것입니다. 다른 이들이 중학교에서 배우듯이 말이죠. 다른 많은 과목들에 시달리며 제가 그리스어를 독학하는 것은 힘들 테니까요.

아빠도 아시다시피 저는 옛날 언어들에 대한 취향을 가지고 있어서 그리스어에 큰 호기심이 생깁니다. 오늘날 사람들이 무엇이라 말하든 저는 그리스어가 그 자체로 커다란 즐거움일 뿐만 아니라 실제적인 이점도 준다고 믿고 있습니다. 왜 이런 취향들을 억눌러야 하나요? 이것이 제가 되고자 하는 바에 기여하는 공부(과학, 역사, 철학)에 포함될지 그 누가 알겠습니까? 그리스어 학습은 어쩌면 독일어를 배우는 것도 용이하게 할 것입니다.

복습 교사 비용은 한 달에 30프랑이 들 겁니다. 학생은 우선 아버지의 허락을 받아야 합니다. 그 다음에 교장에게 신청하고, 복습 교사를 선택합니다. 매일 반 시간이나 이틀에 한 번 한 시간씩 배우게 되고요. 저는 매우 탁월한 젊은 선생을 선택할 것인데요, 최근에 사범학교를 졸업했고 루이대왕중등학교에서는 잘 알려진 라제그 씨입니다. 그가 제게 교습해 줄 수 없는 경우라면, 차라리 복습 교사가 없는 편이 낫겠어요.

제가 이러는 것은 평소의 경박한 변덕 때문이 아닙니다. 사실 저는 수도 없이 마음을 바꿨고, 사람들이 저를 불신하게 될까 봐 언제나 전전긍긍하며 훌륭한 계획들을 저버렸지요. 그리스어는 늘 제가 동경한 지식이었고, 이 젊은 선생은 그것을 가르치고 게다가 매우 빨리 가르칠 능력이 있다고 저는 믿습니다.

종교의 교리적인 부분을 말하자면, 그것 역시 학년이 시작한 이래 저를 쭉 괴롭혀 왔습니다. 마지막으로 스스로를 돌아보며 제가 알고 있는 것이 무엇인지 자문해 보니 모든 과목에 있어 꽤 많은 것들이 떠오르지만 하나같이 모호하고, 혼잡하고, 순서 없고, 상충하고 있어 분명하고 명확하게 체계화된 것은 아무것도 없으니, 환언하자면 저는 아무것도 모른다는 결론입니다. 그런데 이제 저는 어른의 삶 속으로 들어가야 할 참이라 제게 필요한 것은 아주 확고한 지식들로 채워져 있는 가방인 셈이지요. 지금으로서는 매우 유용한 원서들을 읽는 것을 가능하게 해 줄 그리스어 공부와 철학의 가장 멋진 부분인 종교 공부보다 그 무엇을 제가 더 원할 수 있겠습니까?

이런 편지가 설득력이 있는지는 잘 모르겠어요. 적어도 솔직하게 말씀드리려 하고, 제 요구의 유용성을 굳게 믿고 있을 뿐이에요. 게다가 아빠는 제 결점이 어디에 있는지, 제게 필요한 것이 무엇인지를 익히 알고 계시며 교육에 관해서 저와 이런저런 말씀을 나누셨기에 저는 아빠의 의견을 존경심을 가지고 받아들일 것입니다.

어머니께 이런 사실들을 전해 주세요. 엄마는 제 편지에 매우 놀라실 거예요. 마소니 씨가 아빠 상태가 좋아지셨다고 제게 말해 줬어요. 제게는 큰 기쁨이에요. 평소 습관처럼 마소니 씨는 제게 난처한 칭찬들로 부담을 주었어요. 아빠와 저, 우리 두 사람은 제가 어떤 사람인지 잘 알고 있기 때문이지요. 마소니 씨가 저를 매우 좋아하는 데다 그가 저보다 연장자이기에 저는 그의 아첨을 그냥 듣고 있어요. 거부하기보다 조용히 받아들이는 것이 예의 바르다고 생각합니다. 그러나 그의 칭찬이 저를 자주, 특히 다른 사람들 앞에서 불편하게 합니다.

안녕히 계세요. 어렵겠지만, 몹시 바쁜 아빠가 제 편지에 답할 겨를을 얻을 수 있기를 바랍니다.

때때로 중학교 시절 면회실에서 제가 원했던 것처럼 아빠에게 입맞춤을 보냅니다.

샤를.

1839년 2월 26일
파리

9 양복점에 빚진 돈

알퐁스 보들레르에게

사랑하는 형님, 이것이 제 부채들의 정확한 내역입니다. 제가 생각했던 것보다 금액이 훨씬 더 크군요. 상환 기한이 모두 똑같이 급한 것은 아닙니다.

- 200프랑은 양복점 주인의 오래된 빚으로, 매우 급함. 이 작자가 자꾸 독촉을 해서 정말 짜증납니다. 하긴 너무 오래된 빚이죠.
- 100프랑은 구두장이에게.
- 60프랑은 또 다른 구두장이에게.
- 215프랑은 뒤세수아 씨에게. 이 빚은 어떻게든 제가 스스로 갚아야 해요. 나중에라도 이 빚을 갚은 사람이 저라

는 것을 그가 알았으면 합니다. 전 그에게 약속을 했고, 약속을 지키지 못했다는 모욕을 겪고 싶지는 않아요.

· 200프랑은 동창생 드라제느브레[1]에게. 오래된 부채로, 창녀 집에서 빼내 온 아가씨 옷값에 충당되었음.

· 180프랑은 역시 같은 사람인데, 아마도 다른 곳에서 빌린 급전을 갚기 위해서였던 것 같음.

· 50프랑은 친구인 송종에게. 위급한 같은 이유 때문임.

· 300프랑은 양말, 셔츠, 장갑을 취급하는 양품상에게.

아래는 제 양복점 주인의 내역입니다.

· 실내복 1벌 125프랑
· 정장 1벌 110프랑
· 솜이 든 짧은 외투 170프랑
· 솜이 든 실내 가운 110프랑
· 바지 4벌 200프랑
· 조끼 3벌 120프랑
· 작은 외투 1벌

제가 양복장이와 거래한 이래로 위 금액 중 200프랑만 지

---

1   루이 드라제느브레는 파리 루이대왕중등학교 시절의 급우.

급했습니다. 게다가 이 금액들은 대략적인 수치일 뿐이에요.

이 안에는 거짓이거나 고의적인 숫자는 하나도 없어요. 양복장이에게 돈을 얼마만이라도 치러 주신다면 정말 기쁘겠습니다. 요즘 들어 그가 저를 소홀히 대하지는 않나 의심이 듭니다. 그리고 제게도 돈을 조금이라도 주신다면 너무나 옹색한 제게는 무한히 즐거운 일일 테지요.

만약 형님이 저를 도와주신다 하더라도, 제발 부탁하건대 부모님이 짐작조차 못 하게 해 주십시오. 제 사리사욕으로 엄마를 괴롭히고 싶지 않습니다.

형님께 맹세하건대 이번 곤경에서 벗어나고 나면 어느 모로 보나 저는 정신을 차릴 겁니다. 조금이라도 의심이 드신다면 사용 내역이 적힌 영수증을 드릴게요. 그럼 안녕히 계세요. 마음을 다해 형님을 포옹합니다. 아마도 이 모든 것을 알고서 저를 매우 원망하고 계실 형수님께도 인사 전합니다.

C. H. 보들레르.

1841년 1월 20일 수요일 저녁
파리

2부

10 스물다섯 살의 유서

나르시스 앙셀[1]에게

잔 르메르[2] 양이 당신께 이 편지를 전할 때쯤이면 저는 이미 이 세상 사람이 아닐 겁니다.[3] 그녀는 이 사실을 모릅니다. 아시다시피 제 유언[4]은 모친의 몫을 제외하고 전 재산을 르메

---

1   공증인 나르시스 앙셀(1801-1888)은 오픽가의 신임이 두터워 1844년 시인의 법정 후견인이 되었고, 1851년부터는 뇌이 시장 직을 맡았다. 보들레르는 선친의 유산 낭비를 막는 그에게 극단적인 적개심을 보이다가 말년에는 우정을 느꼈다.

2   잔 뒤발(1827년경-1878년경) 혹은 잔 르메르는 보들레르의 정부로, 『악의 꽃』에 영감을 준 세 여인 중 가장 중요한 인물이다. 흑백 혼혈의 여자와 백인 남자 사이에 태어난 그녀는 '검은 비너스'라 불렸다. 1842년 첫 만남 이래 시인의 사망 시까지 그녀는 욕망과 연민의 대상이었다.

3   여전히 자살 시도냐 위장 자살이냐에 대한 논란이 있다.

4   수신인 앙셀은 이 편지 위쪽에 "존재하지도 않는 유언장 언급은 이상하다."라고 적고 있다.

르 양에게 상속한다는 것입니다. 물론 이 편지에 동봉된 부채들을 재산 관리인인 당신이 청산하고 난 다음이지만요.

상황이 여의치 않을까 저는 극도의 불안에 떨며 죽어 갑니다. 어제 우리가 나눈 대화가 생각나시나요? 제가 바라는 건 오직 제 마지막 의사가 그대로 집행되는 겁니다. 모친과 형, 이 양반들이 반대할 수도 있을 텐데 제가 제정신이 아니라고 트집을 잡겠지요. 자살로 마감한 방탕한 제 삶을 들먹이며 르메르 양이 유산을 못 받게 방해할 것입니다. 사정이 이러므로 저는 당신께 제 자살과 더불어 왜 르메르 양이 상속인이 되어야 하는지를 설명하려 합니다. 지금 당신이 읽고 있는 이 유서(수고스럽지만 그녀에게도 읽어 주시겠지요.)는 집안사람들이 그녀를 공격할 경우에 쓰일 수 있게 하기 위함입니다.

저는 고통 없이 자살합니다. 저는 사람들이 고통이라 부르는 혼란스러움을 전혀 느끼지 못합니다. 빚이 있다고 고통받은 적은 결코 없었습니다.[5] 이런 혼란들은 제겐 별것이 아닙니다. 제가 자살하려는 진짜 이유는 잠들고 깨어나는 삶의 피곤함이 더 이상은 참을 수 없을 정도가 되었기 때문입니다. 저라는 사람은 남들에게는 필요 없는 존재이며, 나 스스로에게는 위험하기 짝이 없는 인간이기 때문이지요. 하지만 자신을 불멸이

---

5   평생 빚쟁이들에게 쫓긴 보들레르의 뒤치다꺼리 역할을 맡은 것이 앙셀이다.

라 믿고, 그렇게 되기를 희망하기 때문에라도 저는 자살하려는 것입니다. 이 대목을 쓰고 있는 지금, 저는 너무도 명석해져서 「테오도르 드 방빌론(論)」을 쓸 때처럼 원고들을 다루는 힘이 넘쳐납니다.

조촐한 가구와 초상화까지 제가 가진 모든 것을 때때로 제 삶에 위안을 주었던 유일한 사람 르메르 양에게 유산으로 넘겨주려 합니다. 이 지겨운 세상에서 제가 맛본 드문 즐거움에 대가를 지불한다고 해서 그 누가 나무랄 수 있겠습니까?

저는 형을 거의 알지 못합니다. 형과는 함께 산 적도 없고, 그래서 제 안중에도 없습니다. 게다가 그는 제 도움이 필요하지도 않습니다. 본의는 아니겠지만 언제나 제 인생에 독약을 주입했던 모친 역시 이런 제 돈이 필요 없습니다. 그녀에게는 애정과 우정을 품고 있는 헌신적인 남편이 있지 않습니까.

하지만 저에게는 오로지 잔 르메르뿐입니다. 그녀에게서만 안식을 취할 수 있었던 저로서는, 제정신이 아니란 이유를 들이대며 사람들이 그녀에게서 제 유산을 빼앗을 것이라는 생각만 해도 도저히 참을 수가 없습니다. 요즘 저와 자주 이야기를 나누면서 제가 미쳤다는 생각이 드시던가요?

만약 모친에게서 제 마지막 의지를 방해하지 않을 거라는 약조를 얻어 낼 수 있다면야, 저는 당장 어떤 모욕이라도 감수하고 그녀에게 사정할 것입니다. 모친은 여자이고, 누구보다도 저를 잘 이해할 것이기에 어쩌면 그녀만이 형의 무지한 반대를 단념시킬 수 있으리라 확신하기 때문이지요.

잔 르메르는 제가 사랑한 유일한 여자이며, 그녀는 가진 것이 아무것도 없습니다. 그래서 아는 이 중에 온화하고 숭고한 정신의 소유자인 앙셸 씨 당신께 그녀에게 베푸는 제 유언의 집행을 맡깁니다.

그녀가 이런 유산의 취지를 이해하기를, 또한 제 의지가 가족들에 의해 거부되었을 경우를 대비해서 이 편지를 그녀에게 읽어 주세요. 몇 푼 되지 않을지라도 그 가치와 중요성을 신중하신 당신이 그녀에게 일러 주세요. 내 유지가 소용 있게 되도록 그럴듯한 방편을 그녀에게 찾아 주세요. 그녀를 잘 인도하고 충고해 주세요. 감히 부탁드리는데, 저를 위해서라도 그녀를 돌봐 주세요. 저라는 인간의 막돼먹음을, 예를 들어 그녀에게 삶과 정신의 방탕함이 어떻게 암울한 절망과 쇠진을 가져오는지를 보여 주세요. 중요한 것은 이성과 가치 있는 삶임을! 제발 부탁합니다!

당신도 이 유언에 이의가 제기되어 죽기 전에 한 번 진정으로 선하고 합리적인 행동을 하려는 제 권리를 그들이 빼앗아 갈 거라고 믿고 계신가요? 보시다시피 이 유서는 허풍도 아니고, 더욱이 가족이나 사회적 통념에 반하는 도전도 아닙니다. 단지 제 안에 남아 있는 인간적인 것의 표현일 뿐이지요.

때로 제 기쁨이자 휴식이 되어 준 그 사람을 돕고픈 진심어린 바람이며 애정입니다.

아듀!

그녀에게 이 편지를 읽어 주세요. 제가 믿고 있는 당신이 이것을 파기하지는 않으시겠죠. 그리고 그녀에게 당장 돈을 좀 주세요. 그녀는 제 유언에 대해 아무것도 모르고, 제가 곤경에서 구해 주기만을 학수고대하고 있습니다. 어떤 이의 유산 분배에 대해 갑론을박이 일어날지라도 망자 자신이 인심 쓸 권리는 분명 있는 법입니다.

그녀가 당신께 전달할 또 다른 편지는 기억력을 십분 발휘해서 작성한 것으로, 저를 대신해 당신이 청산해야 할 부채 목록을 담고 있습니다.

C. H. 보들레르.

1845년 6월 30일
파리

11 위대한 속죄양께

피에르 조제프 프루동[1]에게

제가 당신에게 말했어야 했던 바는 다음과 같은데, 제가
보기에 이것은 유익한 정보입니다.[2] 알고 계실지도 모르겠지
만, 그래도 제 임무는 당신이 아시는 게 좋은 내용을 전달하는
것이기 때문입니다.

사람들은 우리에게 폭동을 예고합니다. 그런데 누가 폭동
을 일으킬까요? 우리는 알지 못합니다. 그러나 다음번 시위(비

---

1   피에르 조제프 프루동(1809-1865)은 1848년 노동자들이 일으킨 6월 봉기에서 민
    중을 대표한 사회주의 철학자이다. 무정부주의와 노동조합 운동을 주창한 그는 독
    학으로 60권 이상의 책을 저술하였다.
2   긴급한 상황에서 프루동에게 전하는 이렇다 할 특별한 정보도 없는 이 편지에는 프
    루동에 대한 보들레르의 예찬과 영향력 있는 유명인과 교류하려는 욕구가 뒤섞여
    있다.

록 반민중적인 시위일지라도) 때, 다시 말하자면 계기가 다시 주어지면 당신은 암살당할 수도 있습니다.

이것은 실제적인 음모입니다. 우선은 '물론 누군가의 죽음을 원해서는 안 되겠지만, 만약에 사고로 죽는다면 그것은 꽤나 행복한 사건이 될 것이다.'라는 의도적이고, 모호하고, 잠재적인 상태인데, 몇 년 전에 앙리 5세와 관련된 죽음의 욕구가 표명되었던 것과 같은 방식으로 당신에 관해서도 죽음에 대한 이야기가 제기되고 있답니다. '다음 상황에서는 그가 어디에 머무는지 알고 있는 우리가 그를 쉽게 찾아낼 수 있을 것이다. 용무를 처리하면 된다.'라는 또 다른 표현에서는 더욱 분명해 보입니다.

당신은 위대한 속죄양입니다. 여기에는 어떤 과장도 없다는 것을 믿어 주세요. 당신께 어떤 증거도 드릴 수는 없지만요. 제게 증거들이 있었다면 당신과 의논할 필요 없이 경찰서에 보냈을 것입니다. 그러나 저의 양심과 지성으로 저는 신념에 찬 특급 밀고자가 되렵니다. 이것이 뜻하는 바는, 제가 자신 있게 주장하고 있듯이 우리에게 특별히 소중한 사람이 위험을 무릅쓰고 있다는 것입니다. 만약 암살 시도가 있다면, 제가 엿들은 갖가지 대화들을 떠올리며 당신께 관련자들의 이름을 알려 드릴 수 있을 정도로 지금 세상은 무분별한 잔혹함으로 팽배합니다.

영광스럽게도 오늘 저는 당신이 답장을 주시리라고 믿게 되었습니다. 게다가 저는 당신이 발행하는 신문에 관해서 제가 중요하게 여기는 개선점들만을 말씀드리려고 했지요. 예를 들자면, 주간(週刊)판을 위한 총서 전체의 재인쇄라든가 두 번째로는 당신과 다른 대표자들, 신문의 집필진들이 서명하고 민중에게 봉기하지 말라고 지시하는 거대한 포스터를 막대한 부수로 찍어 내면 생겨날 시의적절함 같은 것 말입니다.

현재 당신의 이름은 본인이 생각하시는 것 이상으로 유명한 데다가 영향력이 있어요. 폭동은 현 체제를 지지하며 시작할 수는 있어도 결국엔 사회주의 폭동으로 끝나게 됩니다. 물론 그 반대 역시 생겨날 수도 있고요.

당신께 이런 편지를 쓰는 저는 당신을 절대적으로 신뢰하고 있답니다. 마찬가지로 수많은 제 친구들도 당신이 그들에게 베풀어 주셨던 지식의 보장을 위해서 두 눈을 감은 채 당신을 따라 행진할 것입니다.

그러므로 다음번에는 아무리 평범한 소요라 하더라도 자택에 머물지 마세요. 가능하다면 비밀리에 경호를 받거나 경찰에게 신변 보호를 요청하세요. 재산을 가진 사나운 얼간이들 측의 이런 선물을 어쩌면 정부는 기꺼이 받아들일 수도 있을 테니 당신 스스로 자신을 지키는 것이 나을 듯합니다.

샤를 보들레르.

1848년 8월 21일 또는 22일
파리

12 너무도 명랑한 여인

사바티에 부인[1]에게

아래의 시가 헌정된 사람께, 마음에 들건 그렇지 않건 간에 우스꽝스러워 보일지라도 이 편지를 아무에게도 보이지 말아 주십사 공손하게 간청합니다. 속 깊은 감정이란 수줍기에 폭로되기를 원치 않는답니다. 서명이 없는 것은 이런 어쩔 수 없는 부끄러움의 증상은 아닐는지요? 이 시의 대상이 된 여성으로 인해 자주 빠져드는 몽상 속에서 이 시를 지은 사내는 상대에게 말도 못 한 채 그녀를 열렬히 사랑해 왔으며, 언제까지나

---

1 아폴로니 아글라에 사바티에(1822-1890)는 사교계 인사이며, 작가와 예술가들을 위한 살롱을 운영했다. 벨기에 출신 부호 알프레드 모셀망(1810-1867)의 애인으로, 보들레르 시의 뮤즈였다. 오르세미술관에 전시되어 있는 대리석 조각 「뱀에 물린 여인」의 실제 모델이다.

그녀에게 다정한 마음을 간직할 것입니다.

너무도 명랑한 여인에게[2]

그대의 머리, 몸짓과 태도는
멋진 풍경처럼 아름답고,
청명한 하늘 속 시원한 바람인 양
웃음은 그대 얼굴에서 노니네.

그대를 스치듯 지나가는 슬픔은
그대의 두 팔과 어깨에서
빛이 되어 분출하는
건강 때문에 환해지고,

그대의 몸치장에 뿌려 놓는
울려 퍼지는 색깔들은
꽃들의 무도라는 영상을
시인들의 마음속에 불러일으킨다.

2   『악의 꽃』의 시 「너무도 명랑한 그녀에게」의 원래 제목이다. 이 시는 1857년 『악의
     꽃』 소송 결과 금지된 여섯 개 시편에 포함된다.

이 어마어마한 드레스들은
알록달록한 그대 마음의 상징,
내가 홀딱 빠져 있는 광녀여,
그대를 사랑하는 만큼 증오하네.

내가 번민을 끌고 거니는
아름다운 정원에서 때때로
태양이 내 가슴을 찢는 것을
나는 빈정거림으로 느꼈지.

또 봄날과 녹음이
몹시도 내 마음을 모욕해서
난 이런 자연의 무례함을
꽃 한 송이에다 벌주었네.

그래서 난 어느 날 밤
관능의 시간이 울릴 적에,
그대라는 보물을 향해
겁쟁이처럼 소리 없이 기어오르리라,

즐거운 그대 육신에 고통을 주기 위해,

용서받은 그대 가슴에 상처를 주기 위해,

그리고 놀란 그대 옆구리에

넓고 푹 팬 상처를 만들기 위해서,

감미롭고도 상냥한 여인이여,

더욱 선명하고 더욱 아름다운

이런 새로운 입술을 통해, 오 나의 누이여,

그대에게 나의 피를 수혈하기 위해서.[3]

1852년 12월 9일 목요일

파리

---

3   시인의 서명 없이 익명으로 보낸 편지다.

13 소설의 작은 세계

샹플뢰리[1]에게

친애하는 친구, 그제 일요일 자네를 떠나자마자 나는 바르바라 본인이 아니라 수위 복장으로 병원에서 근무하고 있는 사람에게 돈을 건네주었네.

어쩌면 자네는 오늘 내가 보내는 메모를 참고하지 않을 수도 있겠지만, 필요하다면 자네 뜻대로 수정하여 사용하게. 메모가 좀 길어도 좋겠다고 여긴 이유는 영국 독자들이 자네 소설의 작은 세계를 모르기 때문이라네.

샹플뢰리 씨가 『마리에트 양의 이야기』 안에서, 또 앙리

1   쥘 위송(1821-1889)의 필명인 샹플뢰리는 작가이자 쿠르베의 사실주의를 옹호한 미술 비평가다. 문단 내에서 보들레르의 충실한 친구였다.

뮈르제 씨가『보헤미안 생활의 장면들』속에서 묘사한 내밀한 세계에서 살아 본 사람들 중 한 명 덕분에 우리는 오늘날 대중에게 제공하는 작품의 열쇠를 얻게 되었다. 극단적인 자유와 열쇠 만들기 과정의 객관성으로 이런 내밀함이 진짜라는 것을 우리 독자들에게 족히 증명할 수 있으리라 여겨진다.[2]

제라르(상플뢰리)

위에서 언급한 책과 다음 책들의 저자:『조약돌 개』,『피부가 검은 사람들』,『시골 배우들』,『오퇴유의 두 개의 카바레』,『기인들』,『오래되고 새로운 이야기들』,『셰니첼의 삼중창』,『성탄절 거위 삼중창』,『델테유 교수의 번민』.

여러 개의 무언극과 다양한 예술 평론의 저자.

소위 사실주의 유파의 주요 지지자 중 하나로, 고전주의와 낭만주의 광기 대신 자연과 자아 연구로 바꿀 것을 주장한다.

스트레슈(앙리 뮈르제)

아래 책들의 저자:『보헤미안 생활의 장면들』,『청춘 생활의 장면들』,『라틴 구』.

그리고 다른 중편 소설들. 잡지《레뷰 데 되 몽드》의 소설

---

2   아래 목록은 주요 등장인물들이다.

가 중 하나.

드 빌러(테오드로 드 방빌)

이번 책에서 가혹하게 평가받은 유일한 작가로, 저자가 뭐라 언급했든 그는 새로운 젊은 유파의 가장 능숙한 시인이다. 그는 시의 예술을 순전히 기계적인 방법의 수준으로 격하시켰으며, 레슨 25회로 시인이 되는 법을 가르칠 수 있을 정도이다. 대리석 조탁 문체의 발명가.

다음 책들의 저자: 『여인상 기둥들』, 『종유석들』.

지로(피에르 뒤퐁)

전자와는 정반대의 인물로 대중적 시인이며 지칠 줄 모르는 풍자 가요 작가. 2월 혁명을 직관적으로 감지하여 전원시인이라는 평판에 혁명 시인의 영향력을 결합시킬 기회를 얻었다. 현재 그의 작품은 다수이다. 그는 자기 노래들에 스스로 곡을 만들어 붙인다.

토마(프랑수아 봉뱅)

탁월한 화가이며 이성적이고 긍정적인 정신의 소유자로, 사실주의 유파의 광신적 신봉자인 그는 특히 가정생활과 살림 도구들을 그리기 좋아한다.

고양이들의 시인(샤를 보들레르)[3]

피에르 뒤퐁과 프랑수아 봉뱅처럼 저자의 절친한 친구 중 하나.[4]

1853년 3월 15일

파리

---

3   보들레르는 샹플뢰리의 소설 『마리에트 양의 모험』에 "고양이들을 좋아하는 시인"
     이라는 익명으로 등장한다. "열렬한 연인들과 근엄한 학자들도 자신들처럼 추위를
     잘 타고 한 장소에만 머무는 고양이를 좋아한다."로 시작하는 소네트 「고양이들」은
     이미 널리 알려져 있었다.
4   시인의 서명이 없는 이 편지는 미완으로 간주되기도 한다.

14 고해

사바티에 부인에게

진정코, 부인, 끔찍하게 유치함을 풍기는 이런 어리석은 익명의 엉터리 시에 대해 당신께 천 번의 용서를 빕니다만, 어찌합니까? 아이들이나 환자들처럼 저는 이기적입니다. 괴로울 때면 사랑하는 사람들을 생각합니다. 보통 저는 운문을 떠올리며 당신을 생각하고, 시가 완성되면 그 시의 대상인 당신이 이 시를 보았으면 하는 욕구를 감당할 수 없답니다. (그러면서도 저는 조롱거리가 되는 것을 극도로 두려워하여 몸을 숨깁니다.) 이렇듯 사랑에는 본질적으로 희극적인 무엇인가가 있지 않습니까? 사랑 병에 걸리지 않은 사람들에게는 특히 우스꽝스럽겠지요.

하지만 당신께 맹세하건대 분명 이번이 제가 위험을 무릅

쓰는 마지막이라는 겁니다. 당신을 향한 제 열렬한 우정이 지금껏 지속해 온 만큼이나 앞으로도 계속된다면, 이것에 관해 제가 말 한 마디 뻥끗하기도 전에 우리 두 사람은 모두 늙어 있을 것입니다.

이 모든 것이 아무리 터무니없어 보이더라도 잔인함 없이는 비웃을 수 없을 제 마음을, 당신의 형상이 언제나 그 안에 살고 있음을 떠올려 주세요.

한 번, 딱 한 번, ─사랑스럽고 마음 착한 여인이여,
내 팔에 당신의 매끄러운 팔이
기댔지. 내 마음의 어두운 밑바닥에서도
이 추억은 희미해지지 않는다.

─늦은 시각이었지. ─새로운 동전처럼
만월이 모습을 드러냈고,
그러면 밤의 성대함이 강물 되어
잠든 파리 위에로 물결치고 있었지.

집들을 따라, 마차가 드나드는 문들 밑으로
귀가 쫑긋한 고양이들이 슬그머니
지나치거나, 아니면 소중한 그림자처럼

천천히 우리와 동행했지.

희미한 빛에 피어난
스스럼없는 친밀감 속에서, 갑자기
눈부신 명랑함만이 떨고 있는
아름답고 잘 울리는 악기인 당신에게서,

화창한 아침에 울려 퍼지는 팡파르처럼
맑고 즐거운 당신에게서,
묘하게 애처로운 음색 하나가
망설이듯 새어 나왔지

가족들이 부끄러워하며,
세상에서 감추기 위해 오랫동안
지하실에다 비밀리에 가뒀을 법한
허약하고, 혐오스럽고, 침울하며, 보기 흉한 여자아이 같은.

가여운 천사여, 그대의 날카로운 음색이 노래했지,
"이 세상 그 어떤 것도 확실한 것은 없고,
어떤 정성으로 치장하든 언제나
인간의 이기주의는 드러나고 말지.

— 아름다운 여인이라는 것은 힘든 역할이고,
그것은 기계적인 미소 속에
지쳐 쓰러지는 차갑고 미친 무희의
진부한 노동과 닮아 있어.

— 남들 마음 위에 집을 짓는 것은 어리석은 일,
— 모든 것이 무너져 내리네, — 사랑도 아름다움도,
영원에게 되돌려 주려고
망각이 자신의 망태기에 이것들을 던져 넣을 때까지!"

난 자주 들먹이지 이 매혹된 달을
그 침묵과 번민도,
마음의 고해소에서 속삭여지는
그 이상한 속내 이야기마저.[1]

1853년 5월 9일 월요일

베르사유

---

1 『악의 꽃』의 시 「고해」. 이 편지는 시인의 서명 없이 익명으로 보내졌다.

15 가엾고 외로운 영혼

사바티에 부인에게

때로 자신이 누군가의 숭배의 대상이 될 때 여성들이 이에
대해 어떻게 생각하는지 저는 모릅니다. 어떤 이들은 여성들이
이것을 전적으로 자연스럽게 여길 거라 하고, 다른 이들은 여
성들이 이를 무시할 거라고 주장합니다. 그러니까 이들은 여성
숭배를 우쭐해하는 것이나 냉소적인 것으로만 치부하는 것이
죠. 제가 보기에 성숙한 영혼의 소유자는 본인이 자선을 베푸
는 행동을 자랑스럽게 여기거나 만족해할 뿐인 듯합니다.

당신이 가진 저에 대한 지배력과 당신의 모습이 제 머릿
속에 만들어 내는 끝없는 감정의 발산에 대해 당신과 이야기
를 나누는 지고의 즐거움이 언제쯤 제게 주어질지 저는 알 수
없습니다. 지금으로서는 그저 당신을 향해 은밀하게 품고 있

으나 애정 어린 존경심 때문에 언제나 조심스레 감추게 될 이 사랑보다 더 사심 없고 이상적이며 존경심이 배어 있는 사랑은 결코 없었노라고 다시금 맹세하는 것만으로도 행복합니다.

그 여신 같은 시선으로 갑자기 너를 다시 만개시켜 놓은
너무나도 아름답고, 선량하며, 소중한 여인에게,
오늘 저녁 너는 무엇을 말하려는가, 가엾고 외로운 영혼이여,
— 예전에 시들어 버린 내 마음아, 너는 무엇을 말하려는가?

— "우리는 자랑스레 그녀를 찬양하는 노래를 부를 것이며,
상냥한 그녀의 권위만 한 것은 없다네.
그녀의 정신적인 육신은 천사의 향기를 품으며,
그녀의 눈은 우리를 광명의 옷으로 감싼다."

"그녀의 환영이 춤추며 횃불처럼 걸어가는 곳은,
밤의 어둠 속, 고독 속이고,
거리에서, 군중 속이리라."

“때때로 그녀의 환영은 이야기하고 말을 한다: 아름다운 나는 명하노니

나에 대한 애정으로 너희들은 아름다움만을 사랑하거라.

나는 수호천사이고, 뮤즈이며, 마돈나이니라.”[1]

1854년 2월 16일 목요일

파리

---

1 시인의 서명 없이 익명으로 보낸 편지. 제목 없이 첫 행 "오늘 저녁 너는 무엇을 말하려는가, 가엽고 외로운 영혼이여,"로 불리는 이 소네트 역시 『악의 꽃』 수록작이다.

16 익명으로 보내는 찬가

사바티에 부인에게

부인, 아래의 시를 쓴 것은 오래전, 꽤나 오래전의 일입니다. (여전히 똑같은 한심한 습관과 몽상, 익명이네요.) 이것은 우습게도 익명을 쓰는 창피함일까요? 시가 형편없어 저를 그토록 망설이며 소심하게 만들었던 감정의 고조에 능숙하게 부응하지 못했다는 두려움일까요? 저는 도통 모르겠습니다. 저는 이토록 당신이 두려운 나머지 언제나 당신께 제 이름을 감추었습니다. 익명의 숭배란 (이런 주제로 우리가 의견을 들을 수 있는 사교계의 모든 저속한 교양 없는 사람들에게는 분명 조롱거리일 테지요.) 결국은 순진무구한 어떤 것이고, 그 무엇도 이 숭배를 동요시키거나 방해할 수 없기에 미련하고 허영심에 찬 구애나 열정(어쩌면 의무감)이 향하고 있는 여인에 대한 직접적인 공세보다는 숭배가 윤리적으로 무한히 우위에 있다고 생각했지요. 조금은 자랑스레 말씀드리자면 당신은 가장 사랑받는 여인일 뿐만 아니라 모든 여성들 중에서 가장 깊이 존경받는 분이시지 않나요? 제가 그 증거를 하나 제시하고자 합니다. 재미있다면 많이 웃으셔도 되지만 발설하진 말아 주세요.

당신은 짝사랑에 빠진 남자가 그 여인을 차지한 행복한 정부(情夫)를 증오하는 것이 자연스럽고 단순하며 인간적인 일이라 생각하지 않으시나요? 전자가 후자를 자기만 못하다고 여긴다면, 불쾌하신가요? 얼마 전에 우연히 저는 그런 후자[1]를 만나게 됐습니다. 언제나 쾌활함으로 넘치는 당신의 잔인한 얼굴을 웃게 하지 않고서 어떻게 당신에게 표현해야 할는지요. 당신의 마음에 들 수 있었던 사랑스러운 사내를 찾아내서 제가 얼마나 행복했던지. 이런! 미묘함이 지나쳐서 몰상식을 드러내고 말았군요.

끝으로 저의 침묵과 열정(거의 종교적인 열정)을 설명하기 위해 당신에게 하고 싶은 말은 제 존재가 타고난 냉혹함과 어리석음의 암흑 속에 뒹굴 때에도, 전 마음속 깊이 당신을 꿈꾸고 있다는 것입니다. 자극적이면서도 정신을 맑게 해 주는

---

1   알프레드 모셀망을 가리킨다. 모셀망은 은행가이자 사업가로, 사바티에 부인에게 프로쇼가(街) 4번지에 살림을 차려 주었다. 매주 일요일 저녁 이곳에서는 고티에, 뒤캉, 플로베르 같은 문인들과 화가 메소니에 등이 모이는 살롱이 열렸다.

이런 몽상에서 흔히 반가운 사건이 생겨나지요. 저에게 당신은 가장 매력적인 여자일 뿐만 아니라 가장 아끼는 소중한 미신(迷信)이기도 합니다. 이기주의자인 저는 당신을 이용합니다. 여기에 저의 걸레짝같이 하찮은 시가 있습니다. 만약 사랑에 관한 이런 고도의 발상이 당신의 근사한 생각의 은밀한 한 구석에서 환대받을 기회를 얻으리라 확신할 수 있다면야 더할 나위 없이 행복하겠지요! 저로서는 결코 알 수 없을 테지만요.

나의 마음을 빛으로 채우는
매우 소중하고, 매우 아름다운 여인에게,
천사에게, 불멸의 우상에게,
불멸의 인사를!

소금기 스며 있는 공기처럼
그녀는 내 삶 속에 퍼지고,
충족되지 않은 내 영혼 안에
영원의 맛을 뿌려 주네.

소중한 골방의 분위기를
향기롭게 하는 언제나 신선한 향주머니,
밤을 관통해 은밀하게

피어오르는 언제나 가득 찬 향로여,

변질되지 않는 사랑아, 어떻게
진실되게 너를 표현하려는가?
— 내 영원의 밑바닥에
눈에 띄지 않게 놓여 있는 사향 알갱이여!

기쁨과 건강을 내게 부어 준
매우 선량하고, 매우 아름다운 여인에게,
영원한 삶과
영원한 관능의 인사를![2]

저를 용서하세요. 제가 당신에게 원하는 것은 그것뿐입
니다.

1854년 5월 8일 월요일

파리

---

2 『악의 꽃』에 수록되지 않은 이 시 「찬가」는 1866년 벨기에에서 발행한 시집 『표류
   물』에 금지 시편들과 함께 수록되었다.

17 철학적 정신

알퐁스 투스넬[1]에게

친애하는 투스넬, 저는 당신이 보내 주신 선물에 감사의 뜻을 꼭 표하고 싶습니다. 보내 주신 책의 가격을 알지 못했다고 당신께 진솔하지만 무례한 고백을 합니다.

그저께 제게는 고통스럽고 꽤나 심각한 충격(제가 생각을 이어 가지 못할 정도로 심각한)이 생겨서 중요한 작업을 중단했을 정도였지요. 어떻게 마음을 다잡아야 할지 알 수 없던 저는 오늘 아침(매우 이른 아침에) 당신의 책을 집어 들었습니다. 이 책에 집중하다 보니 좋은 책을 읽을 때면 언제나 그렇듯 평

---

1   알퐁스 투스넬(1803-1885)는 작가 겸 언론인으로, 공상적 사회주의자인 푸리에의 추종자이다. 자연사(自然史) 연구서인 『짐승들의 정신』(1853-1855)에서 보들레르도 공감하는 보편적 유사성을 주장하였다.

정심과 안정을 되찾았어요.

꽤나 오래전부터 저는 혐오감 때문에 거의 모든 책들을 끊고 지냈답니다. 그러니 이처럼 전적으로 교육적이면서도 흥미로운 무언가를 읽은지도 오래되었군요. 인간을 위해 사냥하는 새들과 매에 관한 장은 그것 하나만으로도 작품입니다.

다음과 같이 위대한 거장들을 떠올리게 하는 말들, 진리의 외침들, 저항할 수 없는 철학적인 어조의 말들이 있습니다. "모든 동물은 스핑크스인데, 이를 유추해 보자면 적용 범위는 넓지만 단순한 학설을 피해서 유연한 평온 속의 편안한 정신에게는 신의 피조물들 중에 불가사의한 것이 하나도 없다!" 다른 철학적인 감동을 주는 것도 많습니다. 야외에서의 삶에 대한 애정이나 기사도와 귀부인들에 부여되는 명예 등등…….

긍정적인 점은 바로 당신이 시인이라는 것입니다. 오래전에 제가 시인은 가장 현명하고 전형적인 지성 그 자체이며, 시인의 상상력은 모든 기능들 중에서 가장 과학적이라고 말했는데, 이는 상상력만이 보편적 유사성 또는 신비주의 종교가 교감이라 부르는 것을 이해하기 때문입니다. 그러나 이런 주장을 제가 책으로 출간하려 한다면 사람들은 제가 미쳤다고, 특히나 스스로 미쳐 버렸다고 할 테지요. 제가 받은 교육이 잘못됐을 경우에만 제가 현학자들 탓을 한다고들 할 거고요. 그러나 분명한 것은 저는 동물학에 있어서조차 사냥꾼도 박물학자도 아니지만, 진실인 것을 분명히 보는 철학적인 정신만은 가지고 있다는 점입니다. 이상이 저의 주장이니 제 못된 친구들처럼 대하지 마시고 비웃지도 말아 주세요.

이제부터는 (꽤나 위대한 견해들 속으로 당신과 함께 나아갔기에, 그리고 당신의 책이 그토록 많은 공감을 주지 않았더라면 제 스스로에게 허용할 수 없었을 허물없음으로) 제가 모든 것을 말할 수 있게 해 주세요.

무한한 진보[2]란 도대체 무엇인가요! 귀족적이지 않은 사회는 무엇인지요! 제게 그것은 사회가 아닙니다. 자연적으로 선한 사람이란 어떤 것이고, 어디에서 그를 알아볼 수 있나요? 자연적으로 선한 인간은 괴물일 텐데, 말하자면 신이겠지요. 결국엔 저를 분노케 하는, 다시 말하자면 태초부터 대지의 표면 그 자체 위에 쓰인 이성을 분노케 하는 사상의 종류가 어떠한 것인지 당신은 짐작하시겠지요. 아름다운 영혼의 순수한 돈키호테식 사고입니다.

그리고 당신 같은 사람! 일간지 《르 시에클》의 일개 편집장으로서 책 속에서 스치듯 지나치며 우리 시대의 위대한 천재이자 혜안을 가진 인물 드 메스트르에게 욕설을 내뱉다니! 결국 멋진 책을 망가뜨리는 것은 언제나 대화하는 태도와 은

---

2   샤를 푸리에(1772-1837)의 사회주의 개념인 '진보'를 대신해 보들레르는 전통주의자인 조제프 드 메스트르(1753-1821)의 '원죄' 사상을 내세우고 있다.

어들입니다.

이 책의 서두에서부터 저를 사로잡는 생각은, 당신은 학파 안에서 갈 길을 잃은 지성인이라는 것입니다. 혹시 푸리에에게 빚진 것이 있으신가요? 전혀, 혹은 거의 없지요. 푸리에가 없었어도 당신은 현재 모습 그대로였을 겁니다. 이성을 지닌 인간이라면, 자연이 거룩한 말씀이라는 둥 얼간이라거나 심지어 찬밥 신세에 대한 비유라는 둥 하는 것이나 깨달으려고 푸리에가 지상에 납시기를 기다린 건 아닐 겁니다. 우리는 이것을 알고 있고, 우리가 이를 아는 것은 푸리에를 통해서가 아닙니다. 우리들 자신과 시인들을 통해서지요.

제가 조금 전에 암시했던 모든 이단들은 무엇보다도 자연적인 학설(제가 말하고자 하는 바는 원죄 사상의 철폐입니다.)을 대체하는 인공적인 학설이라는 현대의 위대한 이단의 귀결일 뿐입니다.

당신의 책은 제 안에 잠자고 있던 원죄와 사상을 본뜬 형태에 대한 수많은 상념을 깨어나게 합니다. 해롭고 불쾌한 짐승들은 어쩌면 인간의 나쁜 생각들이 물질적인 삶으로 소생하여 육체화되거나 발현된 것이라고 저는 자주 생각했습니다. 자연 역시 통째로 원죄의 성질을 띱니다.

저의 뻔뻔함과 무례함을 원망치 마시고, 당신에 대한 저의 헌신을 믿어 주세요.

C. H. 보들레르.

1856년 1월 21일 월요일
파리

18 꿈 이야기

샤를 아슬리노[1]에게

친애하는 친구, 자네가 꿈 이야기들을 즐긴다니 내 확신
하건대 자네의 마음에 쏙 들 꿈 얘기 하나를 해 주겠네. 지금
은 아침 5시이고, 매우 덥다네. 이 꿈은 나를 괴롭히고 있는 수
천 가지 중 하나일 뿐임을 주목해 주시게. 내 일거리나 개인적
인 연애들과는 전혀 무관한 이 꿈들이 지닌 완벽한 기이함이
라는 일반적인 특성 때문에, 나는 이 꿈들이 내가 열쇠를 갖고
있지 않은 상형문자처럼 거의 해독할 수 없는 언어라고 언제
나 믿고 있다는 사실을 굳이 자네에게 말할 필요는 없겠지.

---

1 작가 샤를 아슬리노(1820-1874)는 보들레르의 헌신적인 친구로서, 그의 사망 후
   방빌과 함께 『보들레르 전집』을 편찬하였다. 또한 시인의 최초 평전인 『샤를 보들
   레르, 그의 삶과 작품』(1869년)의 저자이다.

꿈속 시간은 새벽 2, 3시쯤이었고, 나는 홀로 거리를 산책하고 있었네. 나는 카스티유[2]를 만났는데, 그에게는 용무가 여럿 있다는 생각이 들었어. 그래서 나는 그와 동행하면서 개인적인 일을 위해 마차를 이용하겠노라 말했지. 우리는 마차 한 대에 함께 탔네. 나는 규모가 큰 유곽의 여주인에게 막 출간된 내 책 한 권[3]을 주는 것을 마치 의무인 양 여기고 있었던 거야. 손에 들고 있던 책을 바라보니 그것은 외설적인 것이라 그녀에게 건네주어야 할 필요가 납득되었지. 게다가 마음 깊은 곳에서 이런 필요라는 것은 핑계일 뿐이고, 유곽에 들르면서 아가씨들 중 하나와 관계를 맺을 기회라고 여겼던 거야. 이 말은 책을 건넨다는 구실 없이 감히 내가 그런 곳에 가겠느냐는 뜻이 담겨 있는 것이고 말일세.

이런 사정에 대해 카스티유에게는 아무 말도 하지 않은 채 유곽 문 앞에 마차를 세우게 하고는, 그를 오래 기다리게 하지 않을 생각으로 마차에 카스티유를 남겨 뒀지. 초인종이 울려서 들어섰는데 그 순간 내 음경이 단추 풀린 바지의 틈새에 걸려 있음을 알아차렸고, 그래서 그런 장소에 이렇게 등장하는 것이 무례하다고 판단했네. 게다가 두 발이 매우 축축하다

2 시인의 친구인 이폴리트 카스티유는 소설가이자 광고 제작자이다.
3 1856년 3월 12일에 발매된 에드거 앨런 포의 『이상한 이야기들』로, 보들레르가 번역했다. 그가 쓴 서문 「에드거 포, 그의 삶과 작품들」이 수록되어 있다.

고 느껴서 보니 맨발인 거야. 현관 계단 밑에 있는 습기 많은 진창에 두 발을 담갔더군. 이럴 수가! 관계를 맺기 전에, 적어도 유곽을 나오기 전에는 발을 닦아야겠다고 생각했지. 나는 올라갔네. 이 순간부터는 더 이상 관건은 책이 아닌 거지.

나는 서로 통하는 넓은 회랑들 사이에 있었네. 마치 오래된 카페나 옛날 독서실 또는 보기 흉한 노름집처럼 조명이 어둡고 슬프고 퇴색한 느낌의 공간이었어. 이 넓은 회랑들을 가로질러 흩어져 있는 아가씨들은 남자들과 이야기를 나누고 있었는데, 사내들 중에는 중학생도 보였어. 나는 매우 슬프고 주눅이 들어 있었다네. 사람들이 내 발을 볼까 두려워서 말일세. 내 발을 보니 한쪽에만 신발을 신고 있었어. 얼마 후에는 두 발 모두 신발이 신겨 있음을 알아차렸지만 말이야.

놀랍게도 이 넓은 회랑의 벽들은 온갖 종류의 그림들(액자 안에 들어 있는 것들)로 장식되어 있었네. 모든 그림들이 외설적이지는 않았고, 건축 그림이나 이집트 인물상들도 있었어. 점점 더 의기소침해진 나는 감히 아가씨에게 접근하지 못하게 되었고, 그림 하나하나를 세밀하게 살펴보며 즐겼네.

한 회랑의 외진 구석에서 나는 매우 기이한 시리즈를 발견했지. 나는 수많은 작은 액자들 안에 담긴 그림들, 미세화들, 사진 인화물들을 봤어. 매우 빛나는 깃털들을 지닌 채색된 새들을 묘사하고 있었는데, 새들의 눈은 생생하고 때때로 새들은 반쪽만 있었네. 그것들은 때때로 이상하고 괴물 같고 운석처럼 거의 형태가 없는 존재들의 이미지들을 보여 주었지. 각각의 그림 한구석에는 해설이 있었어. "나이가 ○○세인 그런 아가씨가 어떤 해에 이 아이를 낳았다." 그리고 이런 유의 다른 해설들도 있었네. 사랑에 대한 착상을 주기 위해 이런 종류의 그림들이 제작됐다는 생각은 들지 않아.

또 다른 생각은 다음과 같네. 세상에는 단 하나의 신문만이 있는데, 그것은 바로《르 시에클》로, 유곽을 열면서 그 안에 의학 박물관 같은 것을 차릴 만큼 어리석은 일간지이지. 별안간 든 생각은 사실《르 시에클》은 이런 매춘 투기로 자본금을 마련했다는 것이었는데, 의학 박물관은 진보, 과학, 계몽의 확산에 대한 이 신문의 편집증이구나 싶었네. 그러니까 현대의 어리석음과 우둔함은 나름의 애매한 유용성을 지니는데, 원래는 악을 위해 만들어졌던 것이 어떤 정신적인 작동에 의해 선을 위한 것으로 변한다는 것이지. 나는 내 안에 있는 철학적 정신의 정확함에 감탄한다네.

그런데 이 모든 존재들 중에서 하나가 살아 있었어. 바로 유곽에서 태어나 영원히 받침대 위에 있는 괴물이네. 그 괴물은 살아 있지만, 박물관의 일부지. 그는 흉하지 않아. 그의 모습은 아름답기까지 하고, 동양적인 빛깔로 햇볕에 그을어 있었네. 그의 몸에는 장미색과 녹색이 많았고, 이상하게 뒤틀린 자세로 웅크리고 있었어. 게다가 살찐 뱀처럼 주변과 팔다리 둘레를 칭칭 감은 거무스름한 뭔가가 있었지. 그게 무어냐고 내가 물으니, 그는 자신의 머리에서 나온 흉측한 돌기라고 말했네. 고무처럼 탄력이 있고 너무너무 길어서 그 돌기를 말 꼬리처럼 머리 위로 감는다면 무게를 절대로 지탱할 수 없을 것이라고 하더군. 그래서 그는 어쩔 수 없이 돌기를 자신의 사지 둘레에 감게 되었는데, 이렇게 하는 것이 더 멋진 효과를 만들어 낸다는 거야.

나는 한참 동안 이 괴물과 이야기를 나누었네. 그는 내게 자신의 근심과 고통에 대해 털어놓았어. 이렇게 그는 관객들의 호기심을 위해 몇 년 동안이나 홀의 받침대 위에 놓여 있어야만 했네. 그러나 그의 최대 고민거리는 야식 시간이야. 살아 있는 존재이기에 그는 시설의 아가씨들과 함께 밤참을 먹어야 해서 식당까지 자신의 고무 돌기를 가지고 비틀거리며 걸어가야 하고, 식당에서는 이것을 자기 몸 주위에 감아 간수하거나 의자 위에 로프 더미처럼 올려놓아야 하는데 바닥에 끌리도록 놓으면 머리가 뒤로 젖혀지고 말았을 거라 하더군. 게다가 작고 웅크린 채로 있던 그는 키 크고 체격 좋은 아가씨 곁에서 먹어야 했지. 그는 내게 순순히 이런 것들을 모두 설명했고, 나는 감히 그를 만지진 못했지만 그에게 흥미를 느꼈네.

이때 (이제부터는 더 이상 꿈이 아니네.) 아내가 침실 가구

소리를 내는 바람에 나는 잠에서 깼다네. 잠에서 깬 나는 피곤하고 기진맥진하고 등과 다리와 허리가 녹초가 되었지. 괴물의 뒤틀린 자세로 잠을 잤다고 나는 추정하네. 이 모든 것이 자네에게도 이상하게 보일지 모르겠네. 선량한 미노[4]가 이 꿈 이야기를 도덕적으로 각색하는 것만은 반드시 막아야 한다는 것이 내 생각이네.

모든 것을 자네에게.
C. H. 보들레르.

1856년 3월 13일 목요일
파리

---

4   보들레르를 넝마주의 시인만 못하다고 폄훼한 평론가 외젠 미노로 추정된다.

19 『새로운 이상한 이야기들』

생트뵈브[1]에게

선생님께서는 그 작은 좋은 소식이 저를 매혹할 것을 이미 알고 계셨습니다. 아슬리노가 랄란에게 알렸고, 선생님께서 기사를 써 주실 수 없을 경우에만 다른 이에게 그 책을 주어야 했지요. 결국 랄란이 한 권을 받았고요.

선생님 편지의 나머지에 관해서 저는 선생님의 관심을 끌 몇몇 세부 사항들을 전해 드리겠습니다. 제2권이 나올 것이고, 두 번째 서문[2]도 나올 겁니다.

---

1   샤를 오귀스탱 생트뵈브(1804-1869)는 시인 겸 저명한 문학비평가로, 보들레르는 청년 시절부터 그를 존경하였다. 빅토르 위고와 달리 그는 제2제정에 가담하여 고등사범학교 교수와 상원 의원으로 활동하였다.
2   보들레르가 불역한 에드거 앨런 포의 『새로운 이상한 이야기들』로, 그의 연구 평론 「에드거 포에 관한 새로운 메모들」이 담겨 있다.

제1권은 대중을 유인하기 위해 만들어졌습니다. 재간, 추측하기, 유언비어 등.「리제이아」만이 중요한 부분으로, 지적인 면에서 제2권과 연결됩니다. 제2권은 더욱 격조 있는 환상 문학입니다. 환각, 정신병, 순수한 기괴함, 초자연주의, ……

두 번째 서문은 제가 번역하지 않을 작품들의 분석과 특히 저자의 과학적이고 문학적인 견해들에 대한 설명을 포함할 것입니다. 그에게 헌정된 작은 책(그것은 『유레카』입니다.)에 관해서 본인의 의견을 묻고자 저는 훔볼트[3] 씨에게 이 주제로 편지를 써야 합니다.

선생님께서 보셨던 첫 번째 서문(그 안에서 저는 미국주의에 대해 날카로운 항의를 담으려고 애썼지요.)은 전기적인 관점에서 볼 때 거의 완벽합니다. 사람들은 포를 짐짓 재간꾼으로만 간주하려 할 수 있으나 저는 그의 시와 단편 작품들의 초자연적 성격에 대해 과도할 정도로 재론할 것입니다. 그는 언어의 마술사 자격으로만 미국인입니다. 나머지에 있어서 그의 사고는 거의 반미국주의지요. 게다가 그는 자신의 동포들을 할 수 있는 최대한으로 조롱했어요.

선생님께서 말씀하시는 부분은 제2권에 속합니다. 지구

---

3 베를린 출생의 대학자 알렉산더 폰 훔볼트(1769-1859)는 자연지리학의 시조로 지구를 물리적으로 묘사한 『코스모스』의 저자이다. 보들레르가 그에게 편지를 보냈는지 여부는 알 수 없다.

가 파괴되고 난 후 두 영혼들 간의 대화 부분이지요. 이달 말 제2권을 인쇄소에 넘기기 전에 이런 종류의 대화 세 개[4]를 선생님께 보여 드릴 수 있다면 기쁘겠어요.

진심에서 우러나는 감사를 선생님께 드립니다. 선생님께서는 친절하시게도 저와 함께 큰 위험을 무릅쓰고 계십니다. 포 번역 작업 후에는 저의 저작이 두 권 나올 것인데, 한 권은 비평집이고 또 다른 것은 시집이에요. 그렇기 때문에 선생님께 미리 사과의 말씀을 드립니다. 제가 대시인의 목소리를 내지 않는다면 선생님께 저는 꽤나 시끄럽게 떠드는 불쾌한 사람으로 보일까 봐 벌써 두렵습니다.

모든 것을 선생님께.

C. H. 보들레르.

포의 제2권 말미에 저는 시 표본 몇 개를 넣을 것입니다. 선생님처럼 꼼꼼한 분이라면 제가 에드거 포(Edgar Poe)라는 이름의 철자를 잘 지켜 달라고 당부드려도 노여워하시지 않으리라 확신합니다. d도 트레마도 악상도 없어야 합니다.

---

4   에드거 앨런 포의 『새로운 이상한 이야기들』 안에 들어 있는 대화 형식의 중편 세 편.

C. H. 보들레르.

1856년 3월 26일 수요일

파리

20 필요한 단 한 명의 여성

사바티에 부인에게

친애하는 부인, 당신은 제가 당신을 잊을 수 있을 거라고 한 순간도 믿지 않으셨지요, 그렇지 않은가요? 시집이 출간되자마자 당신을 위해 한 부를 골라 남겨 두었습니다. 만약 당신에게 어울리지 않는 장정[1]으로 꾸며졌다면, 그것은 훨씬 더 정신적인 뭔가를 주문했던 제 잘못이 아니라 제본공의 탓입니다.

불쌍한 사람들(예심 판사, 검사 등을 말합니다.)이 감히 저의 소중한 우상인 당신을 위해 지어진 시편들 중 두 편(「그녀는 온통」과 「너무도 명랑한 그녀에게」)과 다른 시들을 기소했

---

1 보들레르는 고급 종이에 모로코 가죽 장정본을 두 권 주문했는데, 모친인 오픽 부인과 사바티에 부인을 위한 것이다.

다는 사실이 믿기십니까?[2] 「너무도 명랑한 그녀에게」는 존경해 마지않는 생트뵈브가 시집 안에서 최고의 시편이라 선언한 바 있지요.

이번이 당신께 제 진짜 필체[3]로 쓰는 첫 편지입니다. 만약 업무와 서신들에 지치지 않았다면(모레가 심문일입니다.) 저는 이 기회에 그동안 터무니없이 저지른 유치한 짓들에 대해 당신에게 제대로 용서를 구했을 겁니다.

어쨌거나 당신은 여동생[4]을 통해서 충분히 모욕을 씻지 않으셨나요? 아! 작은 괴물 같은 그녀는 저를 아연실색하게 만들었습니다. 마주친 어느 날 그녀는 제 면전에다 대고 큰 웃음을 터뜨리며 "당신은 여전히 제 언니를 사랑하고, 늘상 그녀에게 멋들어진 편지들을 보내시나요?"라고 제게 묻더군요.

우선 제가 매우 서투르게 자신을 숨겼다는 것, 다음으로 당신은 매력적인 얼굴 밑에 인정머리 없는 마음을 감추고 있다는 것을 그때 알아차렸습니다. 호색한들이야 사랑에 빠지지만, 시인들은 우상숭배자입니다. 제 생각엔 당신의 여동생은 영원한 것들을 이해하게 되어 먹지가 않았고요.

---

2 「너무도 명랑한 그녀에게」와 달리 「그녀는 온통」은 금지 시편에 포함되지 않았다.

3 사바티에 부인에게 보냈던 이전의 편지들에서 시인은 필체를 바꾸었고 익명이었다.

4 별명이 베베(아기)인 사바티에 부인의 여동생은 무례하고 건방진 성격이었다.

당신을 즐겁게 할 위험은 있으나, 이 정신 나간 꼬마가 그 토록 놀렸던 것에 대한 항의를 되풀이하는 것을 허락해 주십시오. 몽상과 연민과 존경심이 진지하기 짝이 없는 유치함과 뒤섞여 있는 어떤 덩어리를 떠올리신다면, 당신은 (제가 더 잘 정의할 수 없다고 느끼는) 그 매우 솔직한 뭔가에 거의 다다르신 셈입니다.

당신을 잊는다는 것은 가능한 일이 아닙니다. 애지중지하는 이미지 하나에 매달려 두 눈을 고정한 채로 평생을 살아온 시인들이 있다고 말들 합니다. 정말이지 이 점에 관련되어 있는 저로서는 변함없는 사랑이란 천재의 특징들 중 하나라고 믿고 있습니다.

꿈꿔지고 소중히 여겨지는 이미지 그 이상인 당신은 저의 미신(迷信)입니다. 무엇인가 엄청나게 어리석은 짓을 할 때면 저는 "이런! 만약 그녀가 이것을 알게 된다면!"이라고 혼잣말을 한답니다. 또 좋은 뭔가를 할 때면, '그래 이것이 정신적으로나마 나를 그녀에게 다가가게 해 주는 것이지.'라고 생각하고요.

그래서 마지막으로 제가 당신과 마주치는 (물론 본의 아니게) 행복을 맛보았을 때 (제가 어떠한 노력으로 당신을 피해 다니는지 당신은 모르실 테지요!) '하필 그 마차가 그녀를 기다렸다는 사실이 이상하고, 어쩌면 내가 다른 길을 택하는 편이 좋았겠다.'라고 생각했어요. 이어서 매혹적이며 높은 음색의 당신 목소리에 실린 "안녕하세요, 선생님!" 저는 그 자리를 떴지만, 당신의 음성을 흉내 내려 애쓰며 가는 길 내내 "안녕하세요, 선생님!"을 몇 번이고 되뇌었지요.

지난 목요일에 제 재판을 맡은 판사들을 보았습니다. 그들이 곱상이라고는 말하지 않으렵니다. 그들은 끔찍스럽게 밉상이고, 그들의 영혼은 자신들의 외양을 꼭 닮아 있을 겁니다.

플로베르는 자신을 도와주는 황후가 있었지요. 이렇듯 제게 부족한 것은 한 명의 여성입니다.[5] 그리고 어쩌면 당신이라면 복잡한 관계와 경로를 통해서 판사들의 진부한 두뇌 중 하나에게 이치에 맞는 말 한마디를 전할 수도 있겠다는 이상한 생각이 며칠 전부터 저를 사로잡고 있습니다. 공판일은 목요일인 모레 아침에 잡혀 있습니다. 괴물들의 이름은 다음과 같습니다.

재판장 뒤파티, 제국 검찰관 피나르(만만치 않음), 판사들

---

5 보들레르는 이미 "제게 부족한 것은 한 명의 여성입니다."라고 모친에게 보내는 편지(1857년 7월 27일 자)에서 토로한 적이 있다. 자신의 소송 사건에서 나폴레옹 1세의 동생 제롬 보나파르트의 딸 마틸드 공주의 지지를 받을 방법을 궁리했던 것이다.

들레보, 드 퐁통 다메쿠르, 나퀴아르, 제6 경범법정

저는 이 모든 통속적인 것들을 그냥 덮어 두고자 합니다. 당신이 기억해야 할 것은 누군가가 당신을 생각하고 있으며, 그의 생각은 결코 통속적이지 않으나 당신의 짓궂은 쾌활함으로 인해 그 사람이 당신을 약간 원망하고 있다는 겁니다.

매우 열렬히 당신에게 부탁하는 바는, 이제부터 제가 당신께 털어놓게 될 모든 것을 본인 혼자만을 위해 간직해 달라는 거지요. 언제나 저와 함께 어울리는 당신은 제 비밀입니다. 오래전부터 말을 섞어 온 친밀감으로 인해 저는 뻔뻔스럽게도 이토록 친근한 어조를 가지게 되었답니다.

안녕히, 친애하는 부인이여. 저의 모든 헌신으로 당신의 두 손에 입맞춥니다.

샤를 보들레르.

84쪽과 105쪽 사이에 들어 있는 모든 시는 당신에게 속한 것입니다.[6]

6   『악의 꽃』에서 '사바티에 부인 군(群)'으로 불리는 시들은 「그녀는 온통」, 「오늘 저녁 너는 무엇을 말하려는가……」, 「살아 있는 횃불」, 「너무도 명랑한 그녀에게」, 「공덕의 이양」, 「고해」, 「정신적인 새벽」, 「저녁의 조화」, 「향수병」 등 아홉 편이다.

1857년 8월 18일 화요일

파리

21 정숙함의 절대적 결여

사바티에 부인에게[1]

저는 탁자 위에 가득 쌓여 있는 유치한 것을 없애 버렸습니다. 사랑하는 소중한 이여, 전 당신이 그것이 심각하게 여길 거라고 생각하지 못했어요. 당신의 편지 두 통을 다시 들어 보고는, 거기에 새로운 답장을 씁니다.

이를 위해서 제게는 약간의 용기가 필요했습니다. 전 신음을 내지를 정도로 지긋지긋한 신경통이 있고, 또 어제 저녁 당신 집에서 가져온 설명할 수 없는 정신적 불안감과 함께 잠에서 깨어났기 때문이죠.

1 이 편지가 오랫동안 보관되어 온 곳은 보들레르의 개인적인 문건들을 모아 둔 앙셀의 자료실이기에 사바티에 부인은 모욕감에 이 편지를 보들레르에게 되돌려주었던 것으로 보인다.

……정숙함의 절대적인 결여.

바로 이 때문에 여전히 당신은 제게 더욱 소중합니다.

"당신을 만났던 첫날부터 저는 당신의 것인 듯해요. 그러므로 당신은 본인이 원하는 바를 하시면 되고, 저는 몸도, 정신도, 마음도 당신 것입니다."

가엾은 여인이여! 저는 당신께 이 편지를 잘 감추라고 감히 충고합니다. 당신이 무엇을 말하고 있는지 정말 알고 계신 건가요? 본인이 발행한 환어음을 지불하지 않은 이들을 감옥에 처넣으려는 사람들은 있습니다만, 어느 누구도 우정이나 사랑의 맹세를 어겼다고 처벌받지는 않지요.

그리하여 어제 저는 당신께 "당신은 저를 잊으실 테지요. 당신은 저를 저버릴 겁니다. 당신을 즐겁게 해 주는 사람이 당신을 지겹게 할 테니까요."라고 말했습니다. 그리고 오늘 저는 "영혼에 속한 것들을 바보처럼 심각하게 받아들이는 사람만이 고통을 겪을 겁니다."라고 덧붙입니다. 사랑하는 아름다운 여인이여, 당신이 보시다시피 저는 여성들에 대해 가증스러운 편견들을 가지고 있습니다. 간단히 말해서 저에게는 믿음이 없습니다. 당신은 아름다운 영혼을 지니고 계십니다만, 결국에 그건 여성의 영혼입니다.

아시다시피 요 며칠 사이에 우리의 상황이 뒤죽박죽되어 버렸습니다. 우선은 언제나 사랑에 빠져 있는 행복한 신사 분[2]

의 마음을 아프게 할까 봐 우리 두 사람 모두 두려움에 사로잡혀 있습니다. 다음으로 우리는 우리들 자신의 파란을 두려워하는데, 우리에겐 (특히 저에게는) 풀어야 할 어려운 매듭들[2]이 있습니다.

그리고 마지막으로, 며칠 전에 당신은 여신이셨기에 당신은 그토록 편리하고 아름답고 침범할 수 없는 것이었습니다. 이제 그대는 여인이군요. 그리고 저로서는 불행하게도 질투할 권리를 얻는다면! 아! 그것을 생각하는 것만으로도 매우 끔찍하네요! 그러나 그 두 눈이 모든 이들을 향해서 미소와 친절로 가득한 당신 같은 사람과 함께라면, 누구나 극심한 고통을 겪어 내야겠지요.

두 번째 편지는 당신이 그 뜻을 이해하고 있다고 제가 확신할 수 있다면, 제 마음에 드는 장중한 소인을 가지고 있습니다. Never meet or never part! 긍정적으로 이것은 서로 결코 알지 못하는 것이 좋으나, 서로 알게 되었다면 헤어지지 않아야 한다는 것을 의미합니다. 이별의 편지 위에 이런 스탬프는 매우 우스꽝스럽겠지요.

결국 가능한 일이 일어나고 말았군요. 전 조금은 운명론자입니다. 그러나 제가 익히 알고 있는 것은 저는 열정을 증오

---

2 사바티에 부인 이외의 보들레르의 연인들인 잔 뒤발과 마리 도브랭을 가리킨다.

한다는 사실인데, 열정은 그 모든 수치스러움과 함께한다는 것을 알기 때문입니다. 삶의 모든 모험들을 지배하던 애인의 모습이 지나치게 매력적인 것이 되고야 말았군요.

저는 이 편지를 감히 다시 읽지 못합니다. 다시 본다면 어쩌면 내용을 수정해야 할지도 모르겠군요. 제가 당신의 마음을 아프게 할까 두렵기 때문입니다. 제 성격 중 몹쓸 부분에서 뭔가가 뚫고 나오도록 내버려 뒀던 것 같아요.

전 당신이 그 더러운 장자크루소가(街)의 우체국[3]으로 제 편지를 찾으러 가시도록 할 수는 없습니다. 제게는 당신께 말해야 할 다른 많은 것들이 있으니까요. 그러니 당신은 방법을 알려 주기 위해 제게 편지를 주셔야 합니다. 우리들의 작은 계획에 관해서는, 만약 그게 가능하게 된다면 며칠 앞서 제게 알려 주세요.

사랑하는 소중한 이여, 안녕히 계십시오. 당신이 너무도 매력적이라는 사실이 조금은 원망스럽군요. 당신의 팔과 머릿결의 향기를 가져갈 때면, 당신이 있는 그곳으로 되돌아가고픈 욕망 역시 가져온다는 것을 떠올려 주세요. 그러면 견딜 수 없는 굉장한 집착이 생겨납니다!

---

3   수취인이 편지를 요구할 때까지 우편물을 보관해 주는 창구가 있던 당시 유일한 우체국이다.

샤를.

이거 참, 당신이 오늘 우체국에 가실까 염려되어 제가 손수 이 편지를 장자크루소가로 가져갑니다. 당신보다 이 편지가 더 일찍 도착할 테니까요.

1857년 8월 31일
파리

22 황후 폐하께

황후 폐하[1]께

폐하, 저의 소송같이 사소한 건으로 감히 폐하의 주의를 얻기 위해서 시인으로서는 상당한 주제넘음이 필요했습니다. 저는 불행하게도 『악의 꽃』이라는 시집 한 권 때문에 유죄 판결을 받았는데, 지독하게 솔직한 이 제목 때문에 저는 법의 보호를 충분히 받지 못했습니다. 저로서는 아름답고 위대하며 특히 밝은 작품을 만들었다고 믿고 있었습니다만, 이 작품이 어둡다는 판결을 받아 저는 작품 몇 개(100편 중 6편)를 빼고 책을 다시 만들라는 형을 선고받았습니다.

저는 법원에 의해 놀랄 정도로 정중하게 대우받았다는 것

---

1   외제니 황후(1826-1920)는 나폴레옹 3세의 배우자다.

과 판결문의 용어들조차도 저의 고고하고 순수한 의도를 인정하고 있다는 점을 말씀드려야만 합니다.

그러나 저로서는 그 의미도 알 수 없는 소송 비용 때문에 벌금이 늘어나서 익히 알려진 시인들의 빈곤한 경제력으로 해결할 수 있는 수준을 넘어섰습니다. 그리하여 평판 높은 친구들로부터 제가 받았던 그 많은 평가에 용기를 얻고 동시에 황후 폐하의 마음이 물질적이거나 정신적인 모든 고난에 대한 동정심으로 열려 계시다는 사실을 확신한 저는 열흘 동안 우유부단하게 결단을 내리지 못하다가 결국 이렇게 폐하의 관대하신 호의를 청원하며, 저를 위해 폐하께서 법무부 장관에게 중재해 주시기를 간청하려는 계획을 생각해 냈던 것입니다.[2]

황후 폐하, 저의 깊은 존경심의 표시를 받아 주시옵소서.

영광스럽게도 황후 폐하의
헌신적이고 충성스러운
종복이자 신하

샤를 보들레르 올림.

---

2 긴 절차를 거친 후인 이듬해 1월 20일에 법무부 장관은 벌금 300프랑을 50프랑으로 감액해 준다.

볼테르강변로 19번지.

1857년 11월 6일

파리

23 행복에 관한 계획

오픽 부인께

사랑하는 어머니, 제게 매력적인 편지 한 통을 써 보내셨
네요. (여러 해 전 이래 이런 어조의 편지로는 유일합니다.) 벌써
스무 날이 지났건만 저는 여태 답장을 못 했습니다. 놀란 엄마
는 분명 고통스러워하고 계셨을 거예요. 저는 편지를 읽으며
제가 여전히 (생각했던 것 이상으로) 사랑받고 있으며 많은 것
들을 회복할 수 있어 지금껏 큰 행복이 허락되고 있음을 알아
차렸습니다.

엄마는 다양한 방법들을 동원해 제 침묵의 이유를 알아내
려 애쓰신 게 분명하만, 어쩌면 엄마에게는 관대함이 부족했
던 것 같아요. 사실인즉 그토록 완벽하게 상냥하고 모성 가득
한 편지는 저를 거의 아프게 했답니다. 제가 곁에 머물기를 엄

마가 얼마나 진심으로 바라는지를 보면서, 또 아직 그럴 준비가 되어 있지 않은 제가 엄마의 마음을 아프게 할 수 밖에 없으리라고 생각하면서 저는 괴로워했습니다.

우선 미셸 레비 출판사에서 인쇄 중인 책[1]을 남겨둔 채로 파리를 떠나기에는 제가 그를 충분히 신뢰하지 않는다는 이유가 있어요. 엄마도 제가 매사에 엄청난 수고를 들이는 것을 아실 것입니다. 저는 불안할 테고, 제 불안이 들어맞을 거예요. (책은 여덟 묶음으로 되어 있는데, 전 지금 다섯 번째 묶음을 보고 있어 나머지는 열심히 작업하면 열흘 안에 끝낼 수 있어요.)

다음으로는, 그러니까 제가 지금 영위하고 있는 삶, 일할 시간이 거의 남아 있지 않는 끔찍한 삶을 생각해 보세요. 또 출발 이전에 제가 해결해야 할 수많은 문제들을 떠올려 보세요. (이달 초에 체포될까 두려워 저는 이런 식으로 몸을 숨기느라 엿새를 허비해야 했어요. 그런데 저는 제 책들과 진행 중인 원고를 집에다 남겨 두고 말았지요. 이것은 제 삶의 세세한 것들 중 수천분의 일에 불과합니다.)

두 발 앞에, 행복이 거의 손 안에 있는데 그것을 붙잡을 수 없다니! 곧 제 자신이 행복하게 될 뿐만 아니라 이 행복을 마땅히 받아야 할 그 누군가에게도 전달될 것을 알고 있거늘!

---

1 에드거 앨런 포의 『아서 고든 핌의 모험』의 보들레르 번역본.

이런 저의 고통에다 어쩌면 엄마는 이해하실 수도 없을 고통을 덧붙여 보세요. 사람의 신경이 수많은 불안과 고통으로 매우 허약해지면, 제기랄, 모든 결심에도 불구하고 매일 아침 머릿속에는 다음과 같은 형태의 생각이 미끄러지듯 들어옵니다. '왜 모든 것을 잊고 한나절 쉬지 않는가? 난 오늘 밤 급한 것들을 단번에 모두 처리할 텐데.' 그러고 나서 밤이 오면, 마음은 지체된 수많은 것들로 공포에 사로잡히지요. 짓누르는 슬픔이 무력감을 끌고 옵니다. 다음 날이면 똑같은 코미디가 정말이지 같은 확신과 같은 회한을 가지고 반복 공연된답니다.

이런 가운데 제가 그토록 괴로워하고 또 많은 시간을 소모케 하는 이 저주받은 도시 파리에서 벗어나는 일은 자꾸 지연되고만 있네요. 엄마 곁에 가서 휴식과 행복을 누리면 제 정신이 다시 젊어지지 않겠어요?

제 머릿속에는 소설 스무 편가량과 극 두 편이 들어 있어요. 저는 정직하다거나 저속하다는 평판 중 어느 쪽도 원치 않아요. 바이런, 발자크 또는 샤토브리앙처럼 사람들의 정신을 압도하고 뒤흔들어 놓기를 바랍니다. 오 하느님, 아직 시간이 남아 있나요? 아! 제가 젊었을 때 시간과 건강과 금전의 가치를 알았더라면!

저는 이 저주받은 『악의 꽃』을 다시 시작해야 합니다! 그러기 위해선 휴식이 필요합니다. 인위적으로 의지에 의해 다시 시인이 되기, 결정적으로 파였다고 여겼던 바퀴 자국 속으로 다시 들어가기, 고갈됐다고 보이는 주제를 새롭게 다뤄 보기. 이것들은 나퀴아르 같은 판사를 포함한 세 명의 어리석은 법관들의 뜻에 따르기 위해서랍니다!

제가 허풍이나 환상 없이 진지하게 생각하는 바는 꾸준한 작업을 통해 그곳에서 2년 안에 모든 빚을 갚을 수 있다는 겁니다. 다시 말하자면 이곳에서보다 세 배를 더 벌 수 있다는 거지요. 거의 1년 전쯤 제가 요즘 같은 끔찍한 경제적 곤경에 빠져 있지 않았을 당시에 엄마가 제게 이 훌륭한 해결책을 제시하지 않은 것은 얼마나 불행한 일인지요!

『악의 꽃』에 대해서는 전 더 이상 칭찬을 바라지 않아요. 엄마는 제가 부탁한 것보다 네 배나 많은 칭찬을 해 주셨지요.[2] 사람들은 벨기에에서 새로운 완결판을 만들라고 요청합니다. 그것은 심각한 문제로, 제가 풀어낼 줄 알아야 하는데 곤란한 점들이 생길 수도 있겠어요.

이곳 파리에서 《라 레뷰 콩탕포랭》에 무서운 기사 하나가 발표되었습니다. 엄마께서도 읽게 해 드릴게요. 저는 꽤나 두

---

2 "불행하게도 이따금 혐오스럽고 눈에 거슬리는 묘사들을 담고 있지만 『악의 꽃』은 대단한 아름다움을 지니고 있으며, 더할 나위 없이 훌륭한 시적 효과를 만들어 내는 순수한 언어와 단순한 형식으로 이루어진 놀라운 시절들을 품고 있다네." (알퐁스에게 보낸 오픽 부인의 편지에서.) 『악의 꽃』의 진면목을 알아본 모친의 안목은 탁월하다.

려웠지만 강하게 골려 주었습니다. 정부 잡지인《라 레뷰 콩탕 포랜》이 관보《모니퇴르》의 찬사를 이런 식으로 반박하며 심각한 행동을 범했으니까요. 저는 국무장관에게 탄원하러 갔고, 진행 중인 작업 지원 명목으로《라 레뷰 콩탕포랜》으로부터 수백 프랑을 따내어 복수를 마무리했습니다.[3] 제 양심이 완전히 순수하지는 않다고 느낍니다. 제가 해치려고 마음먹었던 사람들에게 모종의 도움을 청하는 일은 이번이 처음이에요. 하지만 제 변명은 저의 극심한 곤궁함에 있습니다.

마지막으로 행복에 관한 제 계획들을 다시 말씀드리자면, 저는 저술 활동을 방해하지 않는 한 읽고 읽고 또 읽을 것입니다! 모든 저의 일과들은 제 정신을 변화시키는 데 사용될 거고요.

제가 엄마께 이것을 인정해야 하는데, 사랑하는 어머니, 제 불운한 교육은 저의 모든 어리석은 실수와 괴로운 체험들로 인해 잔인하게 중단되었지요. 청춘은 달아나고, 저는 때때로 날아가는 세월을 불안스레 생각해 봅니다. 세월은 시간과 분으로 이루어져 있습니다. 시간을 잃으면서 사람들은 그 총합이 아니라 시간의 분할된 부분들만을 생각하지요.

분명 좋은 계획들은 있습니다. 전 이것들이 실현 불가능

---

3   「해시시의 시」는 결국 1858년 9월 30일 자《라 레뷰 콩탕포랜》에 게재된다.

하다고 여기지 않습니다. 옹플뢰르에서는 이것들을 실현하지 않을 어떤 핑계거리도 가질 수 없기 때문이죠.

엄마께서 제 편지를 읽으시며 오직 이기심만이 저를 이끈다고 생각하시는 것을 전 원치 않아요. 제 생각의 큰 줄기는 다음과 같습니다. 내 모친은 나를 모르시고, 아신대야 간신히 아실 뿐이다. 우리는 함께 살며 보내는 시간을 가지지 못했다. 하지만 우리는 행복한 몇 년을 함께 찾아내야 한다.

엄마는 아직도 발레르[4]를 언급하시네요. 저는 몇 달 전에 처음으로 하인들 속에서 고귀함을 찾아보며 어머니를 비웃고 싶어졌다고 고백한 적이 있었지요. 그러나 보석 도난이라는 불쾌한 세세한 부분을 저는 진짜 모르고 있었어요. 마음속 비천한 곳에서 비롯되는 상처들을 느끼도록 하는 과도한 감수성을 가져서는 안 됩니다. 속아 넘어가고, 눈을 감아 주고, 잊을 줄도 알아야 해요.

안녕히 계세요. 새벽 4시 반이군요. 제 마음을 다해 엄마께 입맞춤을 보냅니다. 이번 편지는 지독하게 휘갈겨 써졌네요. 그래도 엄마 눈이 덜 피곤하도록 큰 글자로 갈겨 썼답니다.

샤를.

4   오픽 가(家)의 집사.

1858년 2월 19일 금요일

파리

24 고야 그림에 투자하라

나다르[1]에게

1

좋은 친구 나다르, 내 영혼은 고통에 빠져 있는 신세일세. 모친에게 용돈을 타 놓지도 않은 채 경솔하게 어머니를 가까운 곳에 여행을 떠나보내고[2] 난 이곳에 홀로 있다네. 쇠고기, 돼지고기, 빵 등은 부족하지 않지만 동전 한 푼 없이 이 재앙이 만들어 내는 수많은 난관에 처하게 되었네. 만약 자네를 아주 난처하게 하는 것이 아니라면, 내게 10프랑짜리 우편환을 (젠

장! 그것도 즉시) 보내 주는 동정심을 가졌으면 하네. 내가 하는 약속을 자네가 너무 비웃지 않는다면, 돈은 내달 1일에 틀림없이 돌려줌세. 그 시기엔 내가 파리로 돌아갈 것이 확실하니까. 만일 자네가 나를 생각하는 호의를 5시 이전에 베푼다면 모레 아침에는 자네의 답장을 받을 수 있겠지. C. H. 보들레르, 옹플뢰르, 칼바도스. 이 정도 주소면 충분하다네.

이토록 터무니없는 요구를 할 수밖에 없게 된 내 처지를 자네가 짐작할 수 있게 말해 보자면, 르아브르에 가서 몇 시간을 보내야 하는데(그 목적이 적어도 방탕이라고는 여기지 말게나.), 문제의 돈이 없어 어찌할 수 없다고 생각해 주게.

2

이곳에는 카페가 하나 있는데, 놀랍게도 자네의 신문[3]을 구독하기에 나는 즐겁게도 우스갯소리들, 부당한 일들, 얼간이들에 대한 호의들(결국 나다르의 비범한 품성을 구성하는 모든 이상한 것들)이 내 눈 아래 펼쳐지는 것을 보고 있다네. 최근에는 고양이에 열정을 가진 사람들을 비웃으면서 자네가 포와 호프만을 혼동하는 일이 있었지. 애꾸눈으로 만들고 목매달았으며 그 후계자 역시 애꾸이고, 범죄를 밝히는 데 쓰인 한

---

3 나다르가 발행한 삽화 위주의 유머 주간지 《르 주르날 푸르 리르》. '웃음을 위한 저널'이라는 뜻이다.

마리[4]를 제외하고 포에게 고양이는 없다는 사실을 알아 두시게. 아주 최근에 그 이유는 모르지만 자네가 어떤 벨기에 혹은 폴란드 시인에 관해 언급하다가 변덕스레 면전에 대놓고 내게 불쾌한 말을 내뱉었지. "썩은 시체들의 왕자"[5]로 통한다는 것이 내게는 고통스럽다네. 물론 자네는 온통 사향이나 장미뿐인 내 글을 읽어 보지는 않았지. 그 일이 있은 후에 자네는 몹시 들떠서 어쩌면 '내 말이 그를 즐겁게 해 줄 거야!'라고 생각했을 테지.

3

만약 자네가 복이 있다면, 라피트가(街)에 있는 라피트 호텔의 모로라는 이름의 화상(畵商)에게 아부를 했을 것이네. (나는 그에게 스페인 회화에 대해서 내가 준비하고 있는 전반적인 연구에 관해 아첨을 떨 생각이네.) 자네는 이 사람으로부터 고야의 「알바 공작부인」을 원본(고야 최고 걸작의 진짜 원본)으로 하는 멋들어진 사진 복사본의 제작 허락을 얻을 수 있을 것이네. 원작 크기의 복제화들이 스페인에 있는데, 고티에는 그것들을 현지에서 두 눈으로 보았다네. 액자들 중 하나에서 공작 부인은 전통 의상을 차려입고 있고, 짝을 이루는 액자에

4   포의 단편 「검은 고양이」.
5   1859년경에 나다르는 썩은 시체 앞에 있는 보들레르를 풍자 만화로 그렸다.

서 같은 자세로 등을 대고 누운 그녀는 나체일세. 포즈의 외설성마저도 그림의 매력을 증가시키고 있지. 만약 자네가 쓰는 가증스러운 은어를 사용해 말한다면, 공작 부인은 "이상한 깽판"이라고 하겠지. 심술궂은 태도, 연극 가발 같은 모발, 겨드랑이를 가리는 젖가슴, 한쪽 눈이 바깥쪽을 향하는 사팔뜨기 증세 등. 만약 자네가 매우 부유하면서 복이 있다면 그 작품들을 사라고 충고할 텐데. 다시 오지 않을 기회이기 때문일세. 호색하면서 흉폭한 보닝턴풍이나 드베리아풍을 떠올려 보게나.

이 작품들을 소장하고 있는 사람은 2,400프랑을 요구하네. 스페인 회화에 열광하는 애호가에게는 분명 대수롭지 않은 가격이겠지만, 그 사내가 치른 그림 값에 비하면 역시 대단한 금액이지. 그가 내게 털어놓기를 고야가 극도로 궁색함에 처해 있을 때 그의 아들에게서 이 작품들을 구입했다고 했으니 말일세. 만일 자네가 이 사내에게 판화를 여러 장 만들기 원한다고 말하면, 자네의 명성 때문에 그는 허락하기를 두려워할 걸세. 게다가 고야 작품의 아름다움은 일반적으로 거의 인정받지 못하기에 자네는 고작해야 딱 두 개의 복제품만(자네를 위한 하나와 다른 하나는 나를 위한 것) 만들 수 있을 뿐이겠지. 만약에 자네가 제작하기로 결심한다면, 너무 작게 만들지 않도록 조심하게. 너무 작아지면 작품 특징 중 일부가 사라지게 될 것이네.

이 편지를 쓰면서 특히 내가 불쾌한 점은, 이런 시시콜콜

한 충고를 읽으면서 자네가 미친 듯이 웃으리라는 것일세. 그러나 끝나지 않았네.

4

기적적이라고 할까 환상적이라고 할까, 꽤나 쫓아다니다가 화상 구필에게 드디어 팔린 독일 예술가는 도대체 누구란 말인가? 모든 이들이 그에게 의뢰하라고 내게 충고한다네. 난 포에 관한 내 논문들(「문장(紋章)으로 장식된 포의 초상화」)이나 『아편과 해시시』, 내 새로운 『악의 꽃』과 『미학적 호기심』을 위해 필요한 속표지용으로 말라시스와 뒤보 곁에 늘 같이 있는 친구의 그림을 원하는 게 아니야.

만약 자네가 「1848년 사자(死者)들의 무도」와 「오페라의 첫 번째 콜레라 유행」과 쌍을 이루는 「좋은 죽음」의 화가인 알프레드 레첼에 관한 전기적인 정보들을 자네의 수많은 인맥들을 통해 찾아낼 수 있다면, 자네는 나를 그지없이 행복하게 만들 텐데 말일세. 자네는 크나우스라는 화가를 아는지? 이 사람이 그 점에 대해 틀림없이 뭔가를 알고 있을 걸세.

나는 정말로 괴로운 고통 속에 처해 있다네. 『미학적 호기

심』을 출간하기 전에 회화에 관한 (분명 마지막이 될) 추가 논문들을 아직도 작성 중이고, 지금은 관람하지도 못한 채 『미전평론』을 쓰고 있지. 그나마 팸플릿 하나는 가지고 있다네. 그림들을 짐작해야 하는 피로를 제외하면 이것은 훌륭한 방법론이야. 자네에게 추천함세. 너무 칭찬하게 되거나 지나치게 비난하는 것이 두려워 이런 식으로 객관성에 도달한다네.

이런 모든 부탁들 중에서 가장 시급한 것은 우편환에 관한 것임을 자네에게 말할 필요가 있을까?

5

부탁하건대 친애하는 벗이여, 자네의 옛 방식대로 편지 봉투 위에 장난스러운 농담들을 적어 보내지 말게나.

잘 지내시게. 그리고 끔찍하게 되풀이되는 일상 속 자네를 방해한 점 용서하게.

C. H. 보들레르.

1859년 5월 14일

옹플뢰르

25 인생은 끝없는 고통

나다르에게

　친애하는 친구여, 자네는 장문의 편지를 비웃는 사람이 아니니 돈 쓴 보람을 느낄 걸세. 난 지금부터 한가한 두 시간을 가지고 있기 때문이지. 무엇보다도 내가 자네에게 고마운 것은 보내 준 20프랑 때문만이 아니라 자네 편지 속 훌륭하고 매력적인 문장 하나 때문일세. 그런 것이 진정한 우정의 든든한 선언이란 말이지. 나로 말할 것 같으면 그런 다정함에 전혀 익숙하지 않다네.
　칭찬으로 우쭐해져서 자네가 아직 읽지 못했을 몇몇 부분을 보여 주려는데, 다른 미발표 원고들과 더불어 이것들이 시들어 버린 내 시집을 새롭게 해 주기를 바라고 있다네. 이것들을 읽으며 자네는 비평에 전혀 귀 기울이지 않는 내가 구제불능 속으로 하염없이 빠져든다는 사실을 확인할 수 있을 걸세. 이제부터는 자네 편지를 다시 읽어 봄세.

만약에 카르스키[1](맞겠지?) 씨의 시편들이 진짜 아름답다면, 내게 한 부를 얻어다 주게. 하지만 내가 알기로는 그 시집은 파리에서 판매되지 않는다는 거지.

그렇다네, 나 자신을 위해서도 자네가 모로 건(件)에서 성공하기를 원하네. 고야의 독특한 회화들을 원본으로 해서 좋은 복사본을 제작하는 것 역시 자네 마음에 들 것이라 난 확신하고 있어.

그러니까 자네는 레텔을 원본으로 한 그 목판화들을 모른다는 말인가? 「1848년 사자들의 무도」는 현재 목판화 여섯 장이 1프랑에 판매되고 있네. 「좋은 죽음」과 「콜레라 유행」은 7프랑에 팔리는 걸로 알고 있고. 판매처는 팔레 루아얄 근처 리볼리가(街)에 있는 한 독일 서점인데, 여기서는 다른 독일 판화들도 팔고 있다네. 레텔은 쾰른에서인가 성당의 내부 장식을 해 주었다고 몇몇 사람들이 내게 말을 하더군. 다른 이들은 그가 죽었다고 하고, 또 다른 사람들은 그가 정신병원에 감금되었다고 하지. 나는 위에서 언급된 작품들을 가지고 있는데, 그의 전기적인 정보는 물론 다른 판화 작품들이 있는지도 알

---

1 세슬라우 카르스키는 폴란드 시인으로 1859년 브뤼셀에서 『위기』라는 노골적인 시풍과 대담한 이미지의 시집을 출간했다.

아보려 하네.

그 이름도 제대로 모르는 독일인 예술가를 내게 추천해 준 것은 리카르[2]인데, 삽화와 속표지에 이 독일인이 탁월한 재능을 지니고 있다고 주장하네. 이런 추적하기는 볼 만할걸.

물론 그렇지, 나는 원래 도레[3]를 염두에 두었었네. 돌이켜 생각해 보아도 그의 재능 너머로 자주 보이는 유치함이 말라시스에게 불러일으키는 반감 때문에 내가 그를 내쳤다고 기억되지는 않네. 게다가 말라시스의 반감에 대해서도 나는 확신하지 않아. 내가 머지않아 출간할 책들과 소책자는 다음과 같네.

· 포에 관한 비평 기사 전집 : (포를 묘사하기 위해 필요한 제요소를 내가 제공해야 하는 이 초상화는 포의 주요 개념들을 보여 주는 우의적 형상들로 둘러싸여 있는데, 포의 얼굴이 마치 그리스도의 수난을 나타내는 상징들 한가운데 있는 예수의 얼굴 같다고나 할까.) 이 모든 것이 이루어진다면, 그야말로 열렬한 낭만주의라 할 수 있겠지.

2 귀스타브 리카르(1823-1873)는 초상화가로, 보들레르는 그를 사바티에 부인 살롱에서 만났다. 리카르는 「개를 데리고 있는 여인」이라는 사바티에 부인의 초상화를 그린 바 있다.
3 귀스타브 도레(1832-1883)는 유명 삽화가로, 『페로 동화집』과 단테의 『신곡』 중 「지옥편」 등의 작품이 있다.

- 『아편과 해시시』: 내가 이야기했던 주된 쾌락들과 고통들을 표현하는 우의적인 속표지.
- 미술과 문학에 관한 비평 기사 전집: 내 생각에 말라시스는 속표지를 원하지 않는 것 같네.
- 『악의 꽃』 재판본: 여기서는 나무 모양의 해골, 두 다리와 갈비뼈가 나무줄기를 이루고, 십자가 형태로 뻗은 두 팔은 잎과 싹들이 피어나고, 정원사의 온실에서처럼 여러 줄로 늘어놓은 작은 화분들 안에 담긴 독초들을 보호하고 있지. 이런 구상을 하게 된 것은 이아생트 랑글루아[4]의 『죽음의 무도』 이야기를 뒤적일 때였네.

도레 얘기로 다시 돌아와 보세. 그는 구름과 풍경 그리고 집들을 그릴 때 초자연적인 성격을 부여하는 데 확실히 기막힌 재능을 가지고 있다네. 이것이야말로 내가 배워야 할 점이겠지. 그런데 인물들은? 그의 데생 작품들 중 최고인 것들에서조차 뭔가 미숙한 점이 언제나 있어. 자네가 날 매우 놀라게 한 『신곡』 삽화에 대해 말하자면, 어찌 그는 가장 심각하고 슬픈 시인을 고를 수 있었단 말인가? 게다가 자네도 알다시피 나는 고대 양식의, 하지만 극단적인 낭만주의 방식으로 다루어진

---

4 외스타슈이아생트 랑글루아(1777-1837)는 화가 겸 작가다.

속표지 체제로 회귀하기를 원하고 있다네.

결국 쭉 열거했던 화가 이름들 가운데 나는 팡길리와 낭퇴유에 특히 주의를 기울였네. 그러나 팡길리가 승낙할지 모르겠고, 낭퇴유에 관해서는 그가 자기주장을 너무 억제해 왔다거나 과거 빅토르 위고와 일할 때 쏟아 넣었던 혈기왕성한 성격을 되찾을 수 없을까 염려된다네. 하지만 내가 보기에 이 두 사람은 나의 취향과 완벽한 조화를 이루며, 이 세기의 태만한 배은망덕함에 일종의 허세로 대응하여 낭만주의적인 의미를 부여한다는 커다란 장점을 지니고 있었던 거야.

그러나 무엇보다도 탁월한 예술가를 찾아가서 그가 웬만큼 대가를 받게 될 거라는 보장도 해 주기 전에 내가 힘들게 굴게 될 작은 작업에 그를 끌어들인다는 것이 마음에 내키지 않는구먼. 신중하게 처리되고, 나를 끌어들이지 않고도 내게 정보를 줄 수 있다면 자네에게 미리 감사의 마음을 표하네.

『미전 평론』에 관해서는 유감이네! 난 자네에게 거짓말을 조금 했네. 하지만 아주 조금일세! 신작들을 찾아보려고 딱 한 번 방문했지만 찾아낸 것이 거의 없었지. 오래전부터 알고 지낸 모든 화가들 또는 단순히 이름만 알던 화가들을 위해서 나는 카탈로그를 보고 떠오른 오랜 기억에 의지한 거지. 반복해서 말하지만, 이 방법은 기억이라는 직원을 잘 보유하고 있다면 나쁘지 않다네.

사람들은 눈치채지 못하겠지만 진짜 뛰어난 것들 중에서 돈으로 살 수 없는 종교적인 것들이 담긴 상자들을 쌓아 놓은 왼쪽 구석의 커다랗고 네모난 방에 있는 작은 그림 두 점을 눈여겨보시게. 하나는 1215번 아망 고티에의 「자비의 수녀들」. 다른 하나는 1894번작 알퐁스 르그로의 「삼종기도」. 이것들은 극도로 고상한 양식은 아니지만, 마음에 깊이 파고든다네.

조각에 있어서도 나는 (출구에서 그리 멀지 않은 정원의 오솔길에서) 낭만적 장식 조각이라 부를 수 있을 매우 아름다운 뭔가를 발견했지. 그것은 성모 승천처럼 하늘로 올라가고 있는 처녀와 해골인데, 해골이 소녀를 포옹하고 있다네. 사실 해골의 일부는 눈에 보이지 않는데, 그 안에서 몸체가 느껴지는 수의로 덮인 듯하네. 이미 세 번이나 꼼꼼하게 조각 카탈로그 전체를 읽어 보았는데도 이 작품[5]과 관련된 그 무엇도 찾을 수 없었다는 게 믿기나? 책자 속에서 작품을 못 찾게 하기 위해서인지 이 아름다운 작품을 만든 멍청한 이는 「사랑과 토끼 스튜」 같은 콩트 칼릭스[6] 식 엉뚱한 제목을 붙였음이 틀림없어. 부탁인데, 작품 주제와 조각가의 이름을 알아봐 주게.

고야의 「알바 공작부인」들에 관해서는, 자네가 크게 곤란

---

5   조각가 에밀 에베르(1828-1893)의 작품 「언제나 그리고 결단코」.

6   프랑수아 콩트 칼릭스(1813-1880)는 화가 겸 의상 화가로, 자신의 작품들에 기발한 제목을 붙이는 것으로 유명했다.

하지 않다면 적절한 가격에 그것들을 손에 넣는 것이 좋겠다고 한 번 더 말해 둠세.

자네가 적절하게 편지 끝에서 정치에 대해 약간 털어놓았기에 나도 좀 그리하겠네. 난 더 이상 정치에 관심이 없다고[7] 여러 차례 확신하고 있지만, 매번 심각한 정치 문제에는 열정 어린 호기심에 사로잡힌다네. 꽤 오래전부터 나는 이탈리아 문제를 지켜보며 기대하고 있었지. 오르시니 사건[8] 한참 전부터 말일세.

이 사건에 관해서 나폴레옹 3세가 오르시니의 유언을 실현한다고 말하는 것은 부당해 보이네. 오르시니는 신사지만 너무 서둘렀던 거야. 하지만 황제는 오래전부터 작정하고 파리에 오는 모든 이탈리아인들에게 수많은 약속을 했지. 나는 그가 굉장히 고분고분하게 운명을 따르는 것에 감탄하고 있어. 그런데 이 운명이라는 것이 그를 구하지. 오늘날 모르니,[9] 그랑 상트랄, 보몽 바시[10] 그리고 불과 얼마 전에 우리가 점령

---

7   프랑스 제2공화국 대통령인 루이 나폴레옹 보나파르트가 1851년 12월 2일에 혁명을 일으켜 황제가 되려 했을 때, 보들레르는 "12월 2일이 나를 육체적으로 탈정치화시켜 버렸다."(1852년 3월 5일 자 앙셀에게 보낸 편지)라고 선언했다.

8   1858년 1월 17일 이탈리아 혁명가 펠리체 오르시니(1819-1858)가 자국 독립의 장애물이라며 나폴레옹 3세의 암살을 시도하였으나 실패 후 사형당했다.

9   모르니 공작은 그랑 상트랄 철도회사가 개입되어 있는 투기 스캔들에 연루된 재력가이며 정치가다.

10   정부의 청원 부서 책임자인 보몽 바시 자작은 부당한 금융 거래로 금고형에 처해졌다.

했던 사만 개의 지저분한 장소들을 그 누가 생각하는가? 이렇게 황제는 오명을 씻었네. 친구여, 자네는 12월에 범해진 끔찍한 참화를 사람들이 잊는 것을 보게 될 거야. 결국 황제는 위대한 전쟁의 명예를 공화국으로부터 훔친 거지.

지난달 하순이나 5월 초순쯤에 입법부에서 연설한 쥘 파브르[11]의 훌륭한 연설문을 읽어 보았는가? 그는 분명하게 불가피한 혁명의 필요성을 제시했다네. 의장과 각료들도 그를 중단시키지 않았네. 그는 황제인 양 말하는 듯했지. 그리고 가리발디에 관해서 라투르의 자작 하나가(완고하고 미련한 브르타뉴 사람인데) 그런 동맹에 의해서 프랑스가 더럽혀지기를 원치 않는다고 말하자, 슈나이데 의장은 일개 의원이 프랑스의 동맹국들의 명예를 훼손할 권리는 없다고 말하며 그를 막았네. 동맹을 통해 그 나라들이 프랑스에 왔다는 거지.

친구여, 정치란 무정한 학문이라네. 자네는 이런 사실을 인정하기를 원치 않는 것이고. 만약 자네가 모든 진짜 정치가가 그러해야 하거나 필연적으로 그런 것처럼 예수회 수도사나 혁명가였다면 밀려난 친구들을 위해 그토록 아쉬워하지는 않았을 텐데. 내가 자네에게 혐오감을 불러일으킨다는 점은 알고 있네만, 드 카부르 씨가 출판한 『조제프 드 메스트르[12]의 외

---

11 오르시니의 변호를 맡았던 쥘 파브르(1809-1880)는 제정 체제에 반대하는 공화파로 1858년 국회의원으로 선출되었다.

교 서간집』이 얼마나 시기적절하게 나왔는지 아나? 말이 나왔
으니 하는 말인데, 이 편지들에서 교황은 꼭두각시 취급을 받
는다네. 또 오스트리아를 얼마나 규탄하는지! 이탈리아의 피
에몬테에서 이 서간들을 특별히 보존해 오다가 적기에 세상에
내놓은 거지.

모든 이들의 축복을 받으며 영광에 둘러싸인 황제는 사태
를 낙관하지만, 난 분명 전후 처리에 난관이 있으리라고 믿을
뿐이네. 자네의 모든 사적인 괴로움에 대해서는, 벗이여, 체념
하고 체념하게나.

자네 집에 들를 때 쌓여만 가는 내 고통들에 대해 말해 줌
세. 자네는 내게 동정심을 갖게 될 걸세. 영리하고 부유하며
(게다가 가족도 없는!) 자신들의 행복을 사용할 줄 모르는 극
소수의 젊은이들을 제외한다면, 인생이란 분명 끊임없는 고통
이라고 난 진심으로 생각한다네. 잘 지내시게.

C. B.

만약 웃고 싶다면 나처럼 지금 황제 편을 드는 리메이락,

---

12 조제프 드 메스트르 백작(1753-1821)은 사부아 출신의 정치 사상가로, 반혁명 철학
과 신정론(神政論)을 주창하였다. 이탈리아를 정복하고 있던 오스트리아에 반감을
가지고 있었다.

비튀, 그라니에 드 카사냑의 기사를 읽어 보게나. 혁명의 히드라를 진압하기 위해서 우리들은 이탈리아로 가야 한다는 걸세. 진지하게 말하자면, 이런 것이 불필요한 위선이라네.

1859년 5월 16일

옹플뢰르

26 사랑하는 연인이여

잔 뒤발에게

나의 사랑하는 연인이여, 그대를 찾아가 위로해 주는 대신 파리를 급하게 떠나게 된 점 너무 원망하지 마오. 내가 얼마나 불안감에 시달리고 있었던지 그대도 알지 않소. 당장 5,000프랑을 갚아야 함에도 지불할 수 있는 건 고작 2,000프랑뿐인 걸 알고 모친이 나를 꽤나 들볶아 댔다오. 게다가 어머니는 옹플뢰르에서 무료해하셨고요. 이제는 모든 일이 잘 해결됐소. 하지만 어제까지만 해도 1,600프랑이나 모자랐다는 것을 생각해 봐요. 채권자 드 칼론 씨가 관대하게 대해 주셔서 겨우 모면할 수 있었소.

며칠 안에 파리로 돌아갈 것을 맹세하오. 파리로 가서 말라시스와 출판 계약을 맺어야 하고, 여관방에 맡겨 둔 짐 보따리도 찾아야 하니까. 차후로는 체류비가 상당히 드는 파리에 장기간 머무르지는 않을 거요. 그보다는 차라리 내가 자주 상경하여 며칠간 머무르고 내려오는 편이 낫겠어.

일주일이나 당신 곁을 떠나 있었고, 그 사이 당신은 돈 없이 쩔쩔매고 있을 것이 분명하니 내가 파리로 돌아가기 전이라도 앙셀 씨에게 연락해요. 내가 이미 돈을 조금 가불해 쓰고 있기에 못마땅해 하겠지만 청을 들어줄 거요. 별로 큰돈은 아니더라도 내가 없는 동안 요긴하게 쓰이겠지요. 정초가 되면 내게 돈이 좀 들어오게 되어 있소. 이 편지를 받자마자 새 봉투에 넣고, 하녀를 시켜 주소를 써요. (몹쓸 중풍 때문에 왼손으로 글을 쓰는 것이 어설플 테니까.) 잊지 말고 오를레앙 공 예배당 맞은편 레볼트가(街)라고 꼭 써 넣어요. 당신도 알다시피 앙셀 씨는 이리저리 바쁜 몸이라 아주 이른 시간이 아니면 그의 집으로 편지를 보내 봐야 소용없소. 이 편지를 그대가 일요일에 받을 것이니 그의 집에는 월요일에나 편지를 보내는 것이 바람직해요. 일요일이면 그는 성당에 가는 등 가족들과 외출하기 일쑤니 말이오.

말라시스가 수요일이면 파리에 도착하니, 나도 서둘러야겠소. 옹플뢰르의 내 방이 몰라볼 정도로 바뀌었소. 한시도 가만있지 못하는 성격의 어머니는 본인 취향대로 방을 치장해 놓았어요. 어쨌든 나는 곧 파리로 돌아간다오. 돈이 좀 생길 텐데, 그것으로 당신을 즐겁게 해 주겠소. 편지지에 여유가 없어서 여기다가 앙셀 씨에게 전하는 말을 직접 덧붙이겠소. 전시회 팸플릿을 뒤져 보았지만 아직도 그가 부탁한 화가의 주소를 찾지 못했다고 말해 줘요. 만약 앙셀 씨가 이 편지 내용을 모두 읽게 되는 것이 불쾌하다면 편지를 두 쪽으로 찢어 밑의 영수증만 남겨도 괜찮소. 길이 몹시 미끄러우니 부축해 주는 사람 없이 외출하지 마요.

추신: 내 시와 기사들을 절대 분실하지 말 것.

앙셀 씨가 뒤발 부인에게 일금 40프랑을 지급할 영수증.

C. H. 보들레르.

1859년 12월 17일
옹플뢰르

27 에드거 앨런 포에 대하여

오귀스트 풀레 말라시스[1]에게

오늘 저녁 당신께 보내는 내 편지는 당당히 문자화할 가치가 있는 겁니다. 메리옹[2] 씨가 자신의 명함을 보내와서 그와 만났지요. 그가 다음과 같이 말하더군요. "당신은 항구도시 디에프라는, 그 이름이 당신을 매료했음직한 호텔에 살고 있군요. 추측컨대 호텔 이름과 당신의 취향 사이에는 상관성이 있어 보이기 때문입니다." 그래서 난 그의 편지 봉투를 찾아보았지요. (고대 도시인) 테베 호텔이라고 되어 있지만, 어쨌든 그

---

1 오귀스트 풀레 말라시스(1825-1878)는 동시대 시인들인 고티에, 방빌, 르콩트 드릴 등의 책을 인쇄 판매한 출판업자로, 보들레르의 『악의 꽃』 발행인이다. 이 시집이 공중도덕 모욕죄로 유죄 판결을 받을 당시 그에게도 벌금 100프랑이 선고되었다.

2 샤를 메리옹(1821-1868)은 보들레르가 격찬한 판화가다.

의 편지는 내게 잘 도착했습니다.

자신의 대형 목판화들 중 하나에서 그는 작은 풍선을 맹금 떼로 바꾸었지요. 파리 하늘에 수많은 독수리들이 날아다니는 것은 사실 같아 보이지 않는다고 내가 지적하자, 그의 대답은 내 말이 당연하지만 그 사람들(황제의 정부)은 의식(儀式)을 따르는 징조들을 연구하기 위해 실제로 독수리들을 자주 풀어놓았으며, 이것은 신문들, 특히 관보인《모니퇴르》에 보도되기까지 했다는 겁니다. 그는 자신이 모든 미신들을 믿는 것을 전혀 숨기지 않았으며, 도처에서 강신술을 보지만 이것들을 잘 설명하지는 못하더군요.

또 다른 목판화 한 점에서 그가 나에게 누누이 강조한 것은 강둑 측면 장벽 위로 퐁네프 다리의 석공 구조 하나가 드리우는 그림자는 정확히 스핑크스의 윤곽을 연상시킨다는 점과 그의 입장에서 이것은 전혀 고의가 아니며 자신도 이런 기이한 사실을 알아차리게 된 것은 나중 일이고 이 데생은 루이 나폴레옹 쿠데타 직전에 그려졌다는 겁니다. 그런데 황제는 언행과 외모에 있어 스핑크스를 가장 닮은 실존 인물이지요.

그는 내게 에드거 포라는 사람의 단편들을 읽어 보았냐고 물었습니다. 나는 포의 작품들을 그 누구보다 잘 알고 있기에 당연하다고 대답했어요. 그러자 그는 매우 강한 톤으로 이 에드거 포라는 작가가 실재했다고 믿느냐고 내게 물어 왔지요.

그래서 자연스레 나는 그에게 그럼 포의 모든 단편들이 누구의 것이냐고 물었어요. 그의 대답은 "아주 교활하고 강력하며 모든 것에 통달한 글쟁이들 모임의 공동 저작으로 여긴다."라는 거예요. 다음은 그의 논거들 중의 하나입니다.

"「모르그가(街)의 살인 사건」.[3] 나 역시 모르그가의 데생을 그렸지요. 오랑우탄. (사람들은 자주 나를 원숭이에 비교하지요.) 이 원숭이가 어머니와 딸, 두 여자를 살해합니다. 나 역시 모녀인 두 여인을 정신적으로 살해했어요. 나는 이 소설을 언제나 내 불행들을 암시한 걸로 여긴답니다. 만약에 당신이 에드거 포가 이 콩트를 창작했던 날을 (그가 어느 누구의 도움도 받지 않았다고 추정하고) 내게 찾아 줄 수 있다면, 이 날짜가 내 개인적인 사건들과 일치하는지 알아보는 재미가 대단할 텐데." 그는 잔 다르크에 관한 미슐레의 책[4]에 감탄하며 내게 말했어요. 하지만 그는 이 책이 미슐레의 것이 아니라고 확신하고 있습니다.

그의 지대한 관심사 중 하나는 신비 철학입니다. 그러나 심령술사를 웃게 만들 정도로 그의 해석은 이상합니다. 그래도 심술궂은 친구들과 어울려 그를 비웃지 마세요. 어찌되었든 난 재능 있는 사람을 해치고 싶지 않습니다……

---

3   에드거 앨런 포의 『이상한 이야기들』 안에 수록된 단편 「모르그가의 살인 사건」.
4   쥘 미슐레(1798-1874)의 『프랑스사』 제5권.

그가 떠난 후, 난 정신과 신경에 광인이 되기 위해 필요한 모든 것을 언제나 지니고 있지만 어떻게 그렇게 되지 않았을까 자문해 보았지요. 하늘에 대고 진지하게 위선적인 바리새인의 감사를 드렸습니다.

기[5]와 나, 우리들은 완전히 화해했어요. 그는 매력 있고 기지가 넘치는 사람입니다. 모든 글쟁이들처럼 그는 무식하지 않아요.

C. B.

1860년 1월 8일 일요일 저녁
파리

---

5   콩스탕탱 기(1805-1892)는 보들레르가 풍속화에 관한 미술 평론 『현대 생활의 화가』에서 심도 있게 다룬 데생 화가다.

28 대단한 고백

귀스타브 플로베르[1]에게

친애하는 플로베르, 당신의 훌륭한 편지[2]에 열렬히 감사 드립니다. 당신의 견해에 강한 인상을 받고서 제 몽상의 기억 속으로 매우 진솔하게 침잠해 본 후에야 외부에 있는 유해한 힘의 개입이라는 전제 없이는 그 사람의 갑작스러운 행동이나 생각을 이해할 수 없다는 사실에 제가 늘 사로잡혀 있었음을 깨달았지요. 이것이 모든 19세기가 결탁해 저로 하여금 낯을 붉히게 하지 않을 대단한 고백입니다. 생각을 바꾼다거나 자가당착에 빠지는 즐거움을 포기하지 않았음을 알아 주세요.

---

1 귀스타브 플로베르(1821-1880)는 사실주의 소설의 대가로, 1857년 발표한 『보바리 부인』이 풍기 문란 혐의로 재판을 받았으나 보들레르와 달리 무죄 판결을 받았다.
2 보들레르가 신간 『인공 낙원』를 보내 준 것에 대해 플로베르는 감사의 편지를 보냈다.

당신이 허락하신다면 조만간 옹플뢰르에 가면서 루앙에 들르겠습니다. 하지만 저처럼 당신도 이런 갑작스러운 방문을 싫어하실 것이기에, 얼마 전에 미리 당신께 알려 드리겠어요.

당신은 제가 일을 많이 한다고 말씀하십니다.[3] 그건 잔인한 농담이시지요? 저를 수에 치지 않는 많은 이들은 제가 대단한 일을 한다고 여기지 않습니다. 일을 한다는 것은 쉼 없이 일하는 것을 말합니다. 그것은 감각도 몽상도 더 이상 가지지 않은 채 언제나 진행 중에 있는 순수한 의지로, 어쩌면 언젠가 저도 거기에 도달하겠지요. 안녕히 계십시오. 당신의 헌신적인 친구가.

C. H. 보들레르.

저는 언제나 『성 앙투안의 유혹』을 통째로[4], 또 당신이 어떤 부분도 출판한 적이 없는 또 다른 특이한 책(『11월』)을 읽는 꿈을 꾼답니다. 『카르타고』[5]는 또 어찌 되어 가고 있나요?

---

3 플로베르는 『악의 꽃』 재판(再版)을 고대했다.
4 1874년에야 한 권으로 모아져 발간된 플로베르의 이 작품은 당시에는 잡지에 세 차례로 나뉘어 게재되었다.
5 고대 카르타고를 배경으로 하는 플로베르의 역사소설 『무녀(巫女) 살람보』(1862년).

1860년 6월 26일

파리

3부

29 자살이라는 유혹

오픽 부인께

사랑하는 어머니, 건강이 허락한다면 그리고 이 자식을 생각하는 마음이 조금이라도 남아 있다면 저를 찾아 파리로 와 주세요. 지금 저는 수많은 지긋지긋한 사정 때문에 제가 그토록 원하는 약간의 용기와 애정을 구하러 엄마가 계시는 옹플뢰르로 갈 수가 없답니다. 3월 말에 보낸 편지에서 저는 엄마께 "우린 언제쯤이나 다시 볼 수 있게 될까요?"라고 썼지요. 당시 저는 끔찍한 사태를 불러올 위기에 처해 있었답니다. 엄마 곁에서 단 며칠만이라도 지낼 수 있다면 무엇이든 할 수 있을 것 같은 심정입니다. 엄마는 제 인생에서 의지하는 유일한 존재이기 때문이죠. 일주일만이라도 아니 3일만이라도, 단 몇 시간만이라도 곁에 머무를 수 있다면.

엄마는 언제나 제 편지들을 주의 깊게 읽지 않으시지요. 저의 절망과 건강 상태, 지겨운 일상에 대해 털어놓으면 제가 거짓말을 하고 있다고 여기시거나 아니면 적어도 과장한다고 믿으시는 것 같아요. 저는 당장이라도 엄마를 보러 가고 싶지만 옹플뢰르로 달려갈 수는 없답니다. 엄마의 편지에는 잠깐만 같이 이야기하면 풀릴 수많은 오해와 편견이 담겨 있습니다. 그러나 편지로는 엄청난 분량의 글을 쓴다 하더라도 이해하실 수 없을 겁니다.

그래서 엄마께 제 상황을 설명하기 위해 펜을 들 때면 언제나 두렵습니다. 저 때문에 엄마의 허약한 심신이 상하지는 않을까 두려운 것이지요. 엄마는 믿지 않으시겠지만, 저는 끊임없이 자살의 경계를 어슬렁거립니다. 물론 엄마가 저를 몹시 사랑하고 계신다는 것을 믿어요. 맹목적일 정도로. 왜냐하면 엄마는 넓은 마음을 갖고 있기 때문이죠. 어린 시절 엄마를 열렬히 사랑했지만, 후일 저를 부당하게 대하셨기에 엄마에 대한 존경심을 잃어버렸습니다. 그렇게 효도할 마음도 사라진 거고요.

하지만 이제 와서 자주 후회하곤 합니다. 제 기질상 겉으로 표현은 못 했지만요. 저는 더 이상 배은망덕하고 과격한 망나니가 아닙니다. 제 처지와 엄마의 성품에 대해 오래 생각한 끝에 저의 잘못과 엄마의 관대함을 새삼 깨닫게 되었지요. 하지만 우리 모자의 불화는 엄마의 부주의함과 제 과오 때문이 아니겠어요? 분명 우리 두 사람은 서로 사랑해야 하며 가능한 한 솔직하고 다정스레 상대를 위해 살아가야 할 운명입니다. 그러나 제가 처한 이 끔찍스러운 상황 속에서는, 확신컨대 우리는 상대방을 지옥 같은 심적 고통에 시달리게 하고 종국에는 서로가 서로를 죽이게 될 거라는 생각이 듭니다. 만약 제가 죽는다면 엄마도 더 살지 못하리라는 것은 분명합니다. 왜냐하면 아들인 제가 엄마 삶의 유일한 의미이기 때문이죠. 반대로 엄마가 먼저 돌아가신다면, 특히나 저로 인해 야기된 동요로 엄마가 돌아가신다면 의심의 여지 없이 저 또한 자살해 버리고 말 겁니다.

엄마는 살고 싶지 않다고 체념한 듯 자주 말씀하시지만, 엄마가 돌아가신다 할지라도 제가 처한 상황은 조금도 바뀌지 않을 겁니다. 법정후견인도 유지될 테고(왜 그래야 하는가는 모르겠지만), 그 어느 빚도 청산되지 않을 것이며 오히려 나날이 증가하는 고통으로 절대적인 고독감을 몸서리치게 느껴야 할 테니까요.

제가 지금 자살한다면? 엄마께는 터무니없는 일이겠지요. 엄마는 "그러니까 늙은 어미를 혼자 두고 네가 죽겠단 말이냐?"라고 호통을 치시겠지요. 그렇군요. 저는 자살할 권리도 없지만 30년 전부터 제가 겪어 온 수많은 고통을 생각해 본다면 저의 행위를 용서해 주리라 믿습니다. 그러면 엄마는 또 신의 존재를 들먹이시겠지요. 제 모든 마음을 바쳐(그 어느 누구도 나의 진심을 헤아릴 수 없을 테지만), 눈에 보이지 않는 외부의 존재가 나의 운명에 관계한다는 것을 믿고 싶을 뿐입니다. 하지만 신을 믿기 위해 어떻게 해야 할까요? (신에 대해 언급하다 보니 그 빌어먹을 신부가 생각나는군요. 이 편지가 엄마에게 줄 혼란 때문에 그 신부를 찾아가 의견을 구하지 않기를 바랍니다. 어쩌면 어리석게 들리겠지만, 그는 저의 원수입니다.)

어쨌든 저의 자살 충동에 대해 다시 언급하자면, 늘 그 생각에 사로잡혀 있지는 않지만 저는 때때로 자살이라는 유혹에 빠지곤 합니다. 하지만 엄마, 안심하세요. 제 작업을 마무리하지 않고서는 결코 자살할 수 없습니다. 더구나 모든 자료들이 옹플뢰르에 있는 데다가 온통 뒤죽박죽인 상태입니다. 그러니까 옹플뢰르에서 마음을 다잡고 일을 해야 합니다. 일단 거기에 가게 되면 엄마 곁에서 결코 떨어지지 않을 거예요. 그리고 엄마의 집을 그런 끔찍한 행위로 더럽힐 생각은 전혀 없다고 믿으셔도 좋습니다. 제가 자살을 하면 엄마는 제정신이 아닐 거예요. 왜 자살을 하냐고요? 빚 때문이냐고요? 그래요. 빚은 그럭저럭 꾸려 나갈 수 있겠지요. 그보다는 너무 길게 지속된 힘겨운 상황이 빚어낸 엄청난 피로감 때문이라는 것이 옳겠지요. 그래서 더 이상 살고 싶은 욕구도 없습니다.

제가 철없던 시절 엄마의 신중하지 못했던 결정이 가져온 결과가 너무 컸던 겁니다.[1] 오래전의 제 과오와 엄마의 경솔함이 이제 저를 짓누르고 사방에서 저를 조여 오고 있어요. 제 상황은 정말 끔찍합니다. 작가로서의 저는 인사도 받고, 간혹 제 비위를 맞추며 부러워하는 사람들도 있습니다.[2] 이렇듯 저의 문단 활동은 꽤나 괜찮습니다. 제가 원하는 모든 것을 이룰 수 있답니다. 제가 쓴 모든 글은 출판될 거고요. 저는 남다른 작품 세계를 갖고 있기에, 돈은 거의 벌지 못하겠지만 후대에 굉장한 명성을 남기게 될 것입니다. 저는 이것을 확신합니다. 물론 구차한 삶을 계속 끌고 갈 용기가 있다면 말이죠.

하지만 제 정신적 건강은 형편없습니다. 어쩌면 전혀 가망이 없을지 몰라요. 그래도 아직 제게 계획이 남아 있다면 『벌거벗은 내 마음』, 소설 몇 편 그리고 극 두 개를 집필하는 것입니다. 그중 하나는 테아트르 프랑세 극장을 위한 것인데, 이 모든 것이 결코 이루어질 수 없을까요? 더 이상 추진이 불가능하다는 생각이 듭니다. 제가 처한 상황은 사회적 위신마저 땅에 떨어뜨렸는데, 이것 또한 끔찍한 고통입니다. 결코 마음이 편할 때가 없다니까요. 엄마가 상상도 할 수 없을 정도로 저는 모욕과 냉대, 능멸을 받고 있기에 종국에는 작가적 상상력마

1   1844년에 모친의 요구로 보들레르에게 법정후견인이 지정되었다.
2   1861년 2월 초 『악의 꽃』 개정판 간행 후 시인은 사실상 시단의 리더로 인정받는다.

저 훼손되고 마비될 지경입니다.

물론 저는 돈을 좀 벌지요. 만약 제게 빚이 없다면, 그리고 차라리 애당초 유산이 없었다면 부자가 될 수도 있었을 테지요. 엄마는 이 대목을 곰곰이 생각해 보셔야 합니다. 엄마께 용돈을 조금 드릴 수도 있겠고, 잔을 향한 저의 동정을 어려움 없이 베풀 수도 있었겠지요. 잔에 관해서는 나중에 말씀드리겠어요. 이런 장황한 설명은 순전히 엄마의 이해를 구하기 위해서입니다. 그나마 제 수중에 있는 돈은 불필요하고 쓸데없는 곳으로 모두 새어 나갑니다. 대단히 어려운 생활 속에서 오래된 빚을 갚아 나가거나 집달리 비용으로 쓰이거나 등기 서류비 등등에 탕진됩니다.

요즘 제법 잘 풀리는 일도 있지만, 그건 조금 후에 이야기하지요. 정말로 저는 구원받아야 하며, 엄마만이 저를 구제해 주실 수 있습니다. 오늘에서야 모든 것을 털어놓게 되는군요. 저는 친구도, 애인도 하다못해 개나 고양이도 없고 하소연을 받아 줄 어떤 것도 없이 혼자입니다. 가진 것이라고는 오직 선친의 초상뿐, 하지만 그림 속의 아버지는 언제나 말이 없으십니다.

저는 1844년 가을에 이미 경험했던 그 무시무시한 상황에 다시 처하게 됐어요. 분노의 감정조차 일지 않는 극도의 체념 속에 빠져 있답니다. 게다가 육체적 건강, 엄마를 위하고 저를 위하고 또한 작가로서의 의무를 위해 필요한 제 건강은 여전히 문제입니다.

  엄마는 결코 주의를 기울이지 않으시겠지만 저는 엄마께 제 건강 상태에 대해 말씀드려야겠어요. 저를 파괴해 가는 신경증에 관해서는 언급조차 하고 싶지 않아요. 그것으로 매일매일 사기는 줄어들고 구토와 불면, 악몽과 무기력 등이 이어집니다. 이런 증세에 관해서는 전에도 자주 말씀드렸죠. 이런 마당에 엄마께 쉬쉬하며 감추는 것이 무슨 소용 있겠어요. 꽤 오래전 청년기에 저는 매독에 감염되었고, 그 후 완치되었다고 믿었습니다. 그런데 1848년 디종에 머무를 때 이 병이 재발하였지요. 물론 곧바로 완화되었지만 말입니다. 그런데 요즘 이 병이 재발하여 새로운 증상들이 나타나고 있습니다. 피부에 반점들이 생기고 관절 마디마디가 쿡쿡 쑤시고 극도의 피로감을 느낍니다. 제가 이 병에 대해서는 잘 알고 있거든요. 어쩌면 제가 처한 슬픔과 두려움이 이 병을 더욱 키웠나 봅니다. 이제 필요한 것은 엄격한 식이요법이며, 요즘 같은 불안정한 생활은 개선되어야 합니다.

  이 고통스러운 생활고와 질병을 잠시 잊기 위해서라도 꿈결같은 추억을 엄마와 나누고 싶군요. 속내를 털어놓으려 하니 저는 벌써 기뻐서 마음이 설렙니다. 엄마께 제 모든 영혼을 다시 한번 보여 드릴 수도 있을지 그 누가 알겠어요? 물론 엄마는 평소 제 마음을 알아주지도 높게 평가하지도 않으시지만요. 저는 이 글을 주저 없이 씁니다. 왜냐하면 사실이니까요.

어린 시절 엄마를 열렬히 사랑하던 시기가 있었지요. 겁먹지 말고 제 이야기를 들어 보세요. 이 이야기는 결코 상세히 말씀드린 적이 없습니다. 엄마와 함께 마차를 타고 산책하던 기억이 아직도 생생하군요. 엄마가 요양원에서 퇴원하던 날, 그곳에서 당신의 아들을 생각하며 그린 펜화를 제게 보여 주셨죠. 제가 이토록 엄청난 기억력을 갖고 있는 것이 믿기십니까? 생앙드레데자르 광장에 살던 때도, 뇌이로 이사 간 것도 기억합니다.[3] 그 시절 엄마는 저와 함께 오랫동안 산책하며 변함없는 애정을 보여 주셨습니다. 저는 아직도 그 강둑을 기억하는데, 저녁이면 그 풍경이 어찌나 슬퍼 보였던지. 아! 살뜰한 엄마의 정을 느낄 수 있었던 행복한 순간이었지요. 엄마에게는 틀림없이 고통스러웠을 순간을 행복한 시간이라고 부르는 것을 용서해 주세요. 하지만 그때 저는 엄마 마음속에 있었고, 엄마는 온통 제 차지였으니까요. 엄마는 어린 제게 우상이며 동시에 친구였습니다. 지나가 버린 과거의 추억을 이토록 열렬히 찬탄해서 꽤나 놀라셨지요? 저 또한 놀랍습니다. 죽음에 대한 욕망을 느꼈기에 제 기억 속에 옛 광경들이 그토록 생

---

3 시인의 나이 7세이던 1828년 봄여름 무렵이다.

생해 보이는지도 모르겠어요.

그 짧은 행복했던 시절 후에 엄마는 재혼을 하셨고, 의붓 아버지가 얼마나 혹독한 교육을 제게 행했던가요. 저는 지금 마흔 살이지만 고통 없이는 학창 시절을 돌이켜 볼 수가 없답 니다. 의부가 제게 불어넣었던 그 두려움 말입니다. 하지만 저 는 그를 사랑했고, 게다가 요즘은 그가 옳지 않았나 하고 사려 깊게 생각도 해 봅니다. 하지만 그는 고집스럽고 미숙했지요. 이 대목은 그냥 넘어가는 것이 좋겠군요. 엄마 두 눈에 눈물이 고이는 듯하니까요.

그러다가 저는 독립해 나왔는데, 아니 차라리 가정으로부 터 버려졌다고 하는 것이 옳겠지요. 당시 제가 즐거움을 느꼈 던 것은 일종의 자극으로서의 여행, 아름다운 가구, 그림들, 창 녀들 등등이었지요. 이런 무절제한 생활이 오늘에 와선 잔인 한 고통이 되었지만 말입니다. 법정후견인에 관해서는 딱 한 마디만 하고 싶군요. 오늘에 와서야 금전의 막대한 가치를 알 게 되었다는 겁니다. 돈과 관련된 모든 것들의 무게를 이해하 게 되었습니다. 엄마가 능수능란했다고, 또 자식의 재산을 보 호하기 위해 해야 할 일을 했다고 믿으시는 것을 압니다. 그럼 에도 딱 하나의 질문, 여전히 저를 사로잡고 있는 질문은 어떻 게 다음과 같은 생각이 엄마의 마음에 떠오르지 않았을까 하 는 겁니다. '아들 녀석의 품행이 내 기준에 부족할 수도 있지만, 다른 각도에서 보면 언젠가는 훌륭한 인물이 될 수도 있다. 이 경우 어미로서 무엇을 해 줄 수 있을까? 내가 그 애를 이율 배반적인 존재로 몰고 가지는 않았는가? 한편으로는 존경받으면서 다른 한편으로는 증오와 경멸을 받는 인물로 말이다. 아들 녀석이 늙을 때까지 금치산자라는 한탄스러운 표식을 달고 다니도록 몰아붙이지는 않았는가? 무능과 슬픔을 드러내며 결코 도움이 되지 않을 표식을.'

만약 이 법정후견이 지정되지 않았더라면 모든 것이 탕진되었을 수도 있겠지요. 그랬다면 저는 차라리 성실히 일해야 했을 테고요. 한데 법정후견이 설정되었고 모든 재산도 탕진되었으며, 이제 늙고 불행한 몸뚱어리만이 남았습니다. 다시 원점으로 되돌린다는 것이 가능한 일이겠어요? 이것이 문제지요.

이렇게 지난 일을 회상하는 것은 다른 목적에서가 아니라 완벽한 정당화는 못 될지언정 조금이라도 사죄하는 마음을 전하기 위해서입니다. 혹시 저의 비난 때문에 심기가 불편하시더라도 엄마의 관대한 마음에 대한 제 존경심은 추호도 손상되지 않았다는 것을 알아 주세요. 엄마의 헌신에 늘 감사하는 마음뿐입니다. 엄마는 언제나 스스로를 희생하는 분입니다. 엄마가 가진 최고의 미덕이라 하겠지요. 이성적으로 사려 깊기보다는 자비심이 있는 엄마에게 저는 더 바랄 것이 없어요. 제가 엄마에게 유일하게 바라는 것은 복잡한 지금의 상황에서 빠져나오도록 충고와 지지를 보내 주시는 모자간의 완벽한 일 치감뿐입니다.

부탁컨대 이리로 와 주세요. 저는 극도의 신경쇠약 속에서 용기도 희망도 바닥나 있습니다. 제가 느끼는 것은 계속되는 혐오감뿐. 제 문학 인생 또한 진퇴유곡에 빠져 있고요. 이는 분명 재앙입니다. 엄마가 당장 해 주셔야 할 일은 일주일 안에 당신의 친지들에게, 특히 법정후견인 앙셀 씨에게 관대함을 요청하는 일입니다. 엄마를 만나 껴안을 수 있다면 저는 무엇이든지 하겠어요. 다가오는 재앙을 예감하고 있지만, 지금 당장 엄마 집에 달려갈 수는 없습니다. 어쨌든 파리는 저에게 최악의 도시입니다. 그동안 저는 두 차례 심각한 실수를 범했는데, 엄마는 이것을 엄하게 질책하시겠죠. 그러면 결국 저는 이성을 잃고 말 겁니다. 저는 엄마의 행복을 바랍니다. 아직도 우리가 행복이라는 감정을 느낄 수 있다면 말입니다.

엄마께 저의 계획을 허심탄회하게 털어놓을 테니 잘 들어봐 주세요. 일종의 타협안을 제시하는 겁니다. 이를테면 1만 프랑 정도의 상당한 금액을 저에게 양도할 것. 그러면 2,000프랑은 저의 생활고를 해결하기 위해 즉시 지출할 것이며, 또 다른 2,000프랑은 엄마께 맡겨 예기치 못한 일이나 1년 치 생활비와 의복비 등등 예상되는 지출에 충당할 겁니다. (그러면 잔은 집에 돌아오게 될 것이고, 급한 생활비는 그럭저럭 해결되겠지요. 아, 그리고 엄마께서 궁금해하시는 잔에 대해서는 나중에 상세하게 이야기해 드리겠어요.) 나머지 6,000프랑은 공증인 앙셀 씨나 마랭 씨에게 주어 지속적으로 천천히 신중하게 지출되도록 할 겁니다. 그렇게 하면 원금인 1만 프랑 이상의 효과가 날 테고, 모든 혼란은 사라져 옹플뢰르에서 다툴 일도 없겠지요.

이런 식으로 고요하게 1년을 보내는 겁니다. 그 돈을 활용해서도 생활이 정상화되지 못한다면, 저는 대단히 어리석은 바보거나 구제불능 불한당인 것이지요. 이 기간 동안에 예상되는 저의 수입(1만 프랑, 적게 잡아도 5,000프랑 정도)은 고스란히 엄마 수중에 들어갈 것이고요. 제 집필을 통한 소득 중 그 어떤 것도 엄마에게 감추지 않을 겁니다. 부족분을 메우는 대신 이 돈은 고스란히 빚을 갚는 데 쓰이겠지요. 이런 식으로 건전하게 한 해 한 해가 지나가면, 제가 모든 빚을 갚아 나가며 정상화되는 모습을 보실 수 있게 될 겁니다. 이 모든 것은 지금 말한 1만 프랑 이내의 투자로 다 이루어질 수 있습니다.(물론 최근 몇 년간 탕진한 4,600프랑을 계산에 넣지 않을 경우입니다.) 어쨌든 집은 그대로 남겨 둘 수 있습니다. 집 문제야말로 언제나 제가 가장 신경 쓰는 것 중 하나입니다.

만약 엄마가 이 행복한 계획을 받아 주신다면, 저는 이달 말 아니 어쩌면 즉시라도 옹플뢰르에 자리 잡고 일을 시작할까

합니다. 그렇게 되면 엄마가 저를 보러 오셔도 됩니다. 편지 한 통에는 편지로는 결코 담을 수 없는 수많은 우여곡절이 있다는 것도 이해하시겠지요. 한마디로 엄마와 저 사이에 대화가 무르익고 그래서 엄마가 동의해 주셔야만 이런 비용들이 지불될 겁니다. 다시 말하자면 다른 사람이 아니라 엄마께서 저의 진정한 법정후견인이 되어 주셨으면 합니다. 법정후견인이라는 무시무시한 단어와 엄마를 함께 묶어 생각해야만 하다니!

이 계획이 진행될 경우, 파리 생활이 규칙적으로 가져다주는 작은 소득들, 여기서 100프랑 저기서 200프랑 벌어들이는 수입은 아쉽지만 포기해야겠지요. 그러니까 이 계획은 거대한 투자인 셈이고, 정착해서는 대작들을 집필할 예정이기 때문에 한참 지나야만 결실을 기대할 수 있을 겁니다. 엄마는 신앙심에 의한 하느님과 양심에 따른 판단만을 믿으세요. 이 계획을 앙셀 씨에게 이야기할 때는 특히 신중하시고요. 그는 사람은 좋지만 생각은 퍽이나 편협한 사람입니다. 자기가 늘상 훈계해야 한다고 생각하는 이 돼먹지 않은 악인이 꽤나 중요한 사람일 수도 있다는 것은 결코 믿고 싶지 않습니다. 그는 집요하게 저를 닦달합니다. 그러니 엄마는 오로지 금전만을 생각하는 대신 아들의 명예와 안정된 생활을 조금이라도 고려해 주세요.

이렇게 되면 저는 보름 동안, 아니 한두 달 정도 잠시 머무르는 것이 아니라 영원히 옹플뢰르의 엄마 곁에서 지낼 수 있을 것입니다. 물론 우리 모자가 함께 파리로 가는 경우를 제외하고서요. 원고 교정 작업은 우편을 통해서도 가능합니다.

엄마가 편지 쓸 때마다 되풀이하는 잘못된 편견은 반드시 교정되어야 합니다. 파리를 떠나 고립돼 있더라도 엄마 곁에서라면 전 결코 지루해하지 않을 겁니다. 단지 엄마의 친구분들 때문에 제가 좀 괴롭겠지요.

때때로 가족회의를 소집해서 제 의견을 밝힐까 하는 생각이 들곤 합니다. "저는 대단한 악조건 속에 여덟 권의 책[4]을 써냈고, 열심히 생활비를 벌지만 젊은 시절에 진 부채로 죽을 지경입니다."라고 말하는 것 외에도 다른 할 말들이 많다는 것을 어머니도 알고 계시겠지요. 제가 가족회의를 요구하지 않는 것은 엄마에 대한 배려, 특히나 엄마의 그 예민한 신경을 고려하기 때문입니다. 저의 이런 노력을 좀 알아주세요. 어쩔 수 없이 되풀이해서 말하지만 제가 믿고 의지할 수 있는 분은 엄마뿐입니다.

내년부터는 잔에게도 이자 수익의 일부를 주려고 합니다. 그러면 그녀는 너무 외지지 않으면서도 어딘가 호젓한 곳에 거처를 마련할 테지요. 근래에 그녀에게 몇 가지 일이 있었는

---

4   에드거 앨런 포 번역서 세 권과 『악의 꽃』, 『인공 낙원』, 『고티에론』, 『바그너론』, 『1846년 미전 평론』이다. 『1845년 미전 평론』은 보들레르 스스로 배제하였다.

데, 오빠란 작자[5]가 잔을 떼어 내기 위해 병원에 처넣은 사건입니다. 그녀가 퇴원을 하고 나와 보니 가구와 옷가지들을 그 작자가 다 팔아 치워 챙겨 갔다는 겁니다. 한데 넉 달 전에 그녀를 홀로 두고 제가 뇌이로 빠져나올 때 그녀에게 남겨 준 것은 7프랑뿐이었어요.

부탁컨대 엄마, 제게 휴식과 작업할 수 있는 환경과 그야말로 약간의 애정을 보여 주세요. 지금 제게는 엄청나게 화급한 일들이 벌어지고 있답니다. 또 한 번 어쩔 수 없이 은행에서 부정 거래를 범하는 과오를 저질렀습니다. 제 개인 빚을 갚기 위해 남의 돈 수백 프랑을 횡령한 것입니다. 하지만 정말로 어쩔 수 없었어요. 즉시 채워 넣을 수 있을 거라고 믿었거든요. 그런데 제게 400프랑을 빚진 채무자는 런던에서 돌아오지 않았고, 300프랑을 갚아야 할 또 다른 사람은 어디론가 여행을 떠났기 때문에 이렇게 됐습니다.

이렇듯 언제나 예상치 못했던 일들이 벌어집니다. 저는 오늘에서야 피해 당사자[6]에게 제 잘못을 시인하는 편지를 쓸 용기가 났습니다. 이제 사태가 어떻게 전개될까요? 저로선 알 수 없어요. 어쨌든 마음이라도 좀 가볍게 하고자 잘못을 시인했던 것입니다. 제가 원하는 바는 저의 명성과 재능을 참작하여 사

---

5   잔의 행적에 비추어 볼 때 오빠보다는 옛 애인 중 하나일 것이다.

람들이 문제를 제기하지 않고 당분간 기다려 주는 거지요.

아듀, 저는 기진맥진했습니다. 엊그제부터 자지도 먹지도 못해서 심신은 지칠 대로 지쳐 있어요. 목구멍이 죄어 오는 느낌입니다. 그럼에도 일을 해야 하고요.

아참! 엄마께 아듀라고 말해서는 안 되겠지요. 왜냐하면 엄마를 다시 뵙고 싶기 때문이에요.

아! 이 편지글을 찬찬히 읽으시며 저를 이해하도록 노력해 주세요.

고통스러운 이 편지가 엄마께 충격을 주리라는 것을 알고 있습니다. 하지만 또한 전에는 제게 기대하실 수 없었던, 부드러운 애정과 한 줌의 희망도 함께 느끼셨으면 합니다.

엄마, 사랑합니다.

C. B.

1861년 5월 6일

파리

---

6   보들레르는 풀레 말라시스의 어음 800프랑 중 600프랑을 개인 빚을 갚기 위해 써 버렸다. 결국 1861년 5월 24일에 보들레르가 자신의 독점 출판권을 풀레 말라시스에게 넘기는 계기가 된다.

30 아카데미 프랑세즈에 지원합니다

아카데미 프랑세즈의 종신 서기 아벨 빌르맹[1]에게

선생, 저는 아카데미 프랑세즈에 현재 비어 있는 두 자리[2] 중 하나에 지원하게 되어 영광이며, 귀하께서 제 응모 의사를 동료 회원 분들에게 알려 주시기를 바라 마지않습니다.

너그럽게 보아 주시는 분들께 저는 제 서명(書名) 몇몇을 제시할 수 있습니다. 예상했던 것보다 큰 잡음을 빚은 시집 한 권, 무명의 위대한 외국 시인 포를 프랑스에 대중화한 번역서, 흥분제들 안에 담겨 있는 위험한 쾌락에 관한 엄격하고 세밀

---

1   아벨 빌르맹(1790-1870)은 소르본과 고등사범학교 교수, 교육부 장관을 역임한 아카데미 프랑세즈의 종신 서기다. 보들레르는 아카데미에 입후보하며 그에게 원한을 가지게 되었다.

2   외젠 스크리브(1791-1861)는 극작가이며 앙리 라코르데르(1802-1861)는 성 도미니크회 수도사로, 두 사람 모두 1861년에 사망했다.

한 연구서 한 편, 마지막으로 우리 시대의 중요 예술가들과 문인들에 관한 다수의 소책자들과 논평들입니다.

그러나 선생, 평소 꿈꾸던 수많은 서책들과 비교해 볼 때 지금의 책 권수는 제가 보기에도 불충분합니다. 그러니 이런 저의 겸손함은 꾸민 것이 아님을 믿어 주시기를 거듭 부탁드립니다. 이는 제 상황뿐만 아니라 그 어떤 거창한 야심가들 못지않게 엄격한 제 양심도 요구하는 겸손함입니다.

솔직하게 진심을 말하자면, 제가 스스로 자격이 있다고 느낄 때에만 표를 달라고 간청하겠다 결심했더라면, 그리고 이게 중요했다면 저는 결코 여러분께 표를 달라고 할 수 없었을 것입니다. 무엇보다도 즉시 시작하는 것이 어쩌면 나을 수도 있다고 생각했지요.

만일 여러분 중 제 이름을 아시는 분이 몇이라도 있다면 저의 이런 뻔뻔함이 좋게 받아들여질 수도 있을 것이고, 그렇게 기적적으로 찬성표 몇 장을 얻게 된다면 저는 관대한 격려와 더 잘하라는 명령으로 여길 것입니다.

청하건대, 선생, 동료분들이 저의 깊은 존경의 언약을 받아들이게 해 주시고, 귀하도 그리해 주십시오.

샤를 보들레르.

1861년 12월 11일

파리

31 아카데미 입후보에 관하여

빅토르 드 라프라드[1]에게

선생, 너무나도 정신없이 일에 치여서 저는 여태껏 원래
그럴 의도였음에도 최근 우리들 중 가장 훌륭하고 가장 진지
한 시인인 당신을 후려친 장관의 폭력에 제가 얼마나 상심하
고 모욕을 받았는지 당신께 말씀드릴 짬을 찾지 못하고 있었
습니다. 이런 가혹함이 반복되어 (경박한 이들이 보기에) 당신
의 고발자라고 지목받은 이를 해치게 될 거라고 느끼기에, 저
는 이 일에 더욱 솔직해집니다. 게다가 그 사람은 저의 가장 오
랜 친구 중 하나입니다. 당신을 교수직에서 파면한 장관은 그
를 이 일에 연루시키고 있습니다.

1   리옹 문과대학 불문학 교수였던 빅토르 드 라프라드(1812-1883)는 1858년 알프레
드 드 뮈세의 후임으로 아카데미 프랑세즈에 당선된 시인이다.

하지만 문학 비평이라는 폭력은 남을 해치고자 하는 노골적인 욕망을 품고 있지는 않습니다. 그는 무고하지만 벌을 받게 되었습니다.[2] 최근에 저는 파탱 씨, 비니 씨와 함께 이 사건에 대해 이야기할 기회가 있었는데 이 일에서 기인한 그들의 주된 감정은 슬픔이었음을 알게 되었지요. 장관의 주장에도 불구하고 프랑스에서 교수를 하인 취급하는 일을 모두가 낯설어하는 것은 우리가 받은 모든 교육이 이것을 금하기 때문입니다.

최근에 마주친 폴 슈나바르[3] 씨에게 저를 위해 당신께 추천사 한 마디 써 줄 것을 부탁했습니다. 이미 복잡하게 꼬여 버린 제 삶에 있어 고통스러운 우여곡절들을 마치 제가 충분히 경험하지 못한 듯이, 또 마치 제가 이미 모욕을 충분히 겪어 보지 않은 듯이 제게 아직 아카데미 입후보 지원서를 제출할 의향이 있음을 당신은 모르실 수도 있겠습니다.

아! 선생, 저는 굉장한 일거리를 떠안고 있답니다! "아카데미 회원들 대다수는 당신을 모르고, 불행하게도 그들 중 몇몇

---

2   이 편지에서 "고발자"로 언급된 문학비평가 생트뵈브가 제2 제정에 적대적인 라프라드를 공격하자 라프라드는 「국가의 뮤즈들」이라는 풍자시로 반격하였다. 이에 교육부 장관인 귀스타브 룰랑이 1861년 12월 14일에 그를 교수직에서 파면한, 당시 전형적인 정치성 필화 사건으로 큰 사회적 충격을 주었다.

3   폴 슈나바르(1807-1895)는 리옹 출신 화가로, 보들레르가 "철학적 미술"이라 칭한 부류의 대표자이다.

이 당신을 아네요."라고 사람들이 제게 말하더군요. 만약 제가 뻔뻔스러웠다면 저는 라코르데르 신부의 자리를 물려받기를 선택했을 겁니다. 그는 종교인이며 낭만주의 작가이기 때문이지요. 하지만 수도사의 후임이 되기를 원하는 스캔들을 더하지 않더라도, 저의 입후보는 이미 충분히 파렴치하다고 제게 말들 합니다. 그래서 저는 라코르데르 신부에 대한 존경심을 억제하며 스크리브의 자리를 열망하는 체했습니다.

슈나바르는 제가 터무니없는 짓을 단념하도록 애썼습니다. 그러나 광기가 발동되었기에 전 끈질기게도 계속해야 합니다. 과거에 어떤 파벌에 속해 있었느냐고 그는 제게 물었어요. (시단을 갈라 놓는 파벌들이 어떤 것인지 모르기에 제가 바보로 보였겠지만, 저는 굳이 알아보려 하지 않았습니다.) 하지만 저는 슈나바르에게 제 생각에 당신은 왕당파이기에 불행하게도 저와 당신은 사상의 대척점에 있지만, 저는 사리에 어긋날 권리를 엄정하게 행사해서 무신론자여야 한다는 어엿한 공화파로서의 명백한 의무에도 불구하고 언제나 열렬한 가톨릭교도이고, 이것이 운율과 각운의 관계를 따지지 않고도 우리 둘 사이에 모종의 관계를 만들어 낸다고 대답했습니다. 그러자 제 친구 슈나바르가 웃음을 터뜨렸다는 사실을 털어놔야겠군요. 철학자이자 능란한 추론가인 당신이 결코 『악의 꽃』 밑에서 가톨릭교도의 낌새를 알아채지 못했다는 것이니까요. 하지만 이 작품이 악마 같다는 점을 전제한다면, 악마보다 더 가톨릭적인 누군가가 존재한다고 말할 수 있을까요?

　진지하게 말하자면 선생, 저는 아카데미 입후보라는 대단히 어리석은 짓을 했는데 그것이 현명한 행동이었다는 모습을 보여 주기 위해서 끈질기게 계속하는 겁니다. 서명만 말씀드리자면, 저는 에드거 포 번역의 첫 세 권을 가지고 출마합니다. 제4권(『유레카』라는 흉측한 제목을 단 순수 과학물)은 인쇄 중입니다. 제 비참한 『악의 꽃』도 있고요.(어쩌면 선생은 전체 틀에 맞추어 새로 쓴 35편의 시로 증보 개편된 마지막 판본을 아직 읽어 보지 않으셨겠지요. 당신께 이 신판을 보내 드리도록 하겠습니다.) 흥분제들에 관한 제 개론(『인공 낙원』)으로 인해 "선생, 독극물학은 윤리가 아닙니다!"라는 언어도단의 점잔 빼는 투로 언급된 빌르맹 씨의 엄청나게 어리석은 말을 들어야 했지요. 물론 너무나 자명합니다만, 유독물들에 관해서 윤리를 논하는 일이 필수적인 것은 아니잖습니까? 이 시대의 작가들, 화가들, 조각가들, 판화가들, 음악가들 등등에 관한 상당한 양의 연구들도 있습니다. 이 모든 것은 별것도 아닙니다만, 특히 제 꿈들과 비교할 때 그렇다고 고백합니다.

　선생, 편지를 너무 길게 쓰는 점을 용서해 주세요. 급한 대로 몇몇 인사들을 방문한 데서 오는 피로감은 개인적으로 알지는 못하나 친근하게 느껴지는 어떤 분 곁에서 한결 가벼워

지네요. 사실 제 신경은 이 방문들로 인해 지쳤답니다. 시의적절하지 못한 야망으로 저는 제대로 벌을 받고 있는 셈입니다. 당신이 파리에 오시더라도 만나 뵙는 기쁨을 갖지 못할 수도 있겠습니다. 체면상 제가 만나 보아야 할 모든 아카데미 회원들에게 스스로 나서서 훈계를 받거나 매도당한 후에 어쩌면 저는 바닷가로 달아나 있을 테지요. (하지만 저는 역시 회원이신 오를레앙 주교께 감사를 표하지 않고는 떠나지 않을 것입니다. 세심하고도 거리낌 없이 제 허튼짓을 수행하고 싶을 뿐입니다.) 그러니 선생께서는 이 편지를 공식적인 방문과 동등한 것으로 받아들여 주시기를 부탁드립니다. 만약 공화파의 문구들이 확실히 시인들 사이에서 우스꽝스럽게 보이지 않는다면, 선생, 제 형제같이 우애 있는 인사를 시인의 자격으로 흔쾌히 받아 주십시오.

샤를 보들레르.

만일 당신께서 조제팽 술라리 씨와 아르망 프레스 씨와 친분이 있다면, 그분들께도 제 우정을 전해 주세요. 만약 리옹 화가 장모 씨를 알고 지내신다면, 제가 오래전부터 그의 가치를 인정하고자 열망하고 있으며 『철학자 화가들』, 『사고하는 화가들』 또는 비슷한 무엇이라 불리게 될 큼직한 작업을 준비

하고 있다고 말씀해 주세요. 제가 잘 알고 있는 리옹의 분위기
는 매우 독특합니다.[4]

1861년 12월 23일 월요일
파리

---

4 자신에 대해 진심 어린 공감도 하지 않는 보들레르의 이런 약삭빠른 접근과 버릇없
   는 어투에 화가 난 라프라드는 "정신병원과 도서관을 겸비했다."라고 보들레르를
   혹평했다.

32 『파리의 우울』, 고독한 산책

아르센 우세이[1]에게

친애하는 우세이, 한나절을 그토록 한가로운 태도로 잘 지낼 줄 아는 당신이기에 그대에게 보내는 이 산문시 견본을 훑어볼 약간의 시간은 있겠지요. 오랫동안 이 장르에 도전해 온 저는 이것을 당신에게 헌정할 의향을 가지고 있습니다. 이 달 말에 그때까지 완성된 모든 작품을 당신에게 전달할 것입니다. (어쩌면 고독한 산책인 또는 파리의 배회자 같은 제목이 잘 어울릴 테지요.) 당신은 제 투고에 관대하실 텐데 그 이유로는 당신 역시 이 장르[2]로 몇몇 시도를 해 봤으며, 특히 운문으로

1   아르센 우세이(1814-1896)는 주간지 《라르티스트》와 일간지 《라 프레스》의 편집장이었다. 1862년 보들레르는 《라 프레스》에 우세이에게 헌정하는 산문시 스무 편을 게재하게 된다. 이 시편들은 후일 『파리의 우울』을 이룬다.

쓸 어떤 작품의 플랜을 제시하는 것처럼 보이지 않게 하는 일이 얼마나 어려운지 익히 알고 계시기 때문이죠.

서투른 바보 짓을 저지르는 것에 대해 생각해 보았습니다. 제 아카데미 입후보에 관해 말씀드리고자 합니다. 사람들이 제게 말하기를 그 과정을 거쳐 온 당신이야말로 이것이 얼마나 끔찍한 모험인지를 아신다는 것입니다. 인어도 연꽃도 없는 항해 말입니다. 당신께서《라르티스트》에서 담당하시는 소식란과 피에르 드 레스투알[3] 이름으로 제 뻔뻔한 입후보를 알려 주신다면야 제게는 고마운 일이 되겠지요. 어쩌면 당신도 출마 중일 수 있겠네요. 하지만 당신은 낙선할 위험 없이 제게 관대하실 수 있다고 장담합니다. 게다가 당신은 위험 부담이 있다 하더라도 그렇게 하실 테니까요. 개인적으로는 희망도 없으면서 모든 불우한 문인들을 위해서 스스로를 희생양으로 삼는 데서 기쁨을 느낀다고 말씀드린다면 선생께서는 한결 쉽게 저를 이해하실 것입니다.

저는 당신께 원고 두 개를 넘기기 원했습니다. 하나는 (우리가 언급했던)《라 프레스》를 위한 것이고, 다른 하나는《라르티스트》를 위한 것으로, 이것이 가장 진척된 작품입니다. 저는

---

2   산문시를 일컫는다. 『파리의 우울』의 아르센 우세이에게 바치는 헌사를 참조할 것.

3   《라 프레스》에서 우세이의 필명이다. 1862년 2월 1일자《라르티스트》는 피에르 닥스(우세이의 또 다른 필명)의 명의로 보들레르의 아카데미 입후보를 알린다.

여러 해 전부터 제 산문시를 구상하고 있답니다.

이와 더불어 당신께 부탁드리고자 하는 것은 이미 완성된 작품의 원고료를 제게 지불해 달라는 겁니다. 《라 레뷰 팡테지스트》와 《라 레뷰 외로페엔》이 동시에 갑자기 몰락해 버려 저를 파산시켰기 때문입니다. 그러나 새해 벽두이고, 어쩌면 당신이 난처해할 수도 있고, 게다가 이렇듯 갑작스레 사람들에게 들이닥치는 것은 실례이며, 결국엔 즉각적인 제 욕구 충족에 있어서도 당신의 편안함이 우선이기에 금전 부족인 제게 당신이 이 시들의 게재를 약속하는 한마디를 글로 써 주실 것을 부탁드립니다. 이렇게만 되면 저는 손쉽게 친구의 금전 지원을 얻어 낼 수 있기 때문입니다.

산문시 작업의 좋은 면은 원하는 곳 어디서든 작품을 자를 수 있다는 것입니다. 에첼은 이 작업에서 그림이 들어간 낭만적 책 한 권의 소재를 찾아낼 거라는 생각이 듭니다.

제 출발점은 알로이시우스 베르트랑의 『밤의 가스파르』인데, 당신도 이 책을 틀림없이 알고 계실 겁니다. 그러나 저는 이 작품을 모방하는 일을 지속할 수 없다는 것과 이 작품은 결코 모방될 수 없다는 점을 바로 느꼈습니다. 저는 체념하고 저 자신이기를 받아들였습니다. 제가 흥미로운 사람이니까 당신은 만족하시겠죠?

이미 얼마 전부터 이 작은 책을 당신에게 바치기를 원하고 있는 저는 당신이 기적을 실행하는 것을, 아니 적어도《라르티스트》를 쇄신하면서 기적을 행하기를 원한다는 것을 알고 있습니다. 그것은 멋진 일일 것이고, 우리들 자체를 젊게 만들 테지요.

결국 어쨌든 당신이 저를 위해 아무것도 안 하더라도, 미리 감사를 드립니다. 안녕히 계십시오.

C. H. 보들레르.

1861년 성탄절
파리

33 어떤 고난도 유희로

생트뵈브에게

당신께 신세질 일이 하나 더 있습니다! 이런 부탁은 언제나 끝날까요? 어떻게 당신께 감사해야 할는지요? 당신의 기사[1]를 구할 수 없었어요. 그래서 제 답장이 지체되었습니다.

소중한 친구여, 당신이 제게 베풀어 주시는 특별한 기쁨을 묘사해 보기 위해 몇 자 적어 봅니다. 여러 해 전부터 저는 늑대인간 취급 받고 무뚝뚝해서 상대하기 힘든 사람이라는 소리를 들으며 (저는 응수하는 어떤 말도 하지 않았지만) 매우 상처를 받았어요. 한번은 적의를 품은 한 신문에서 모든 호감을 무색하게 만들며 혐오감을 주는 제 추함에 관한 기사를 읽은

---

1 《르 콩스티튀시오넬》에 실린 생트뵈브의 1862년 1월 20일 자 기사 「아카데미의 임박한 선거들」.

적이 있지요. (이것은 여인의 향수를 그토록 좋아하는 저 같은 사내에게는 가혹한 일이었어요.) 언젠가 어떤 여인이 "이상하게도 당신은 매우 예의 바르시군요. 당신은 언제나 술에 취해 있어 악취가 난다고 생각했답니다."라고 제게 말을 건넸습니다. 그녀는 소문을 염두에 두고 말을 한 겁니다.

결국 제게 소중한 친구인 당신이 이 모든 것을 깔끔하게 정리해 주셨고, 전 이것에 대해 당신께 감사하는 마음을 품고 있습니다. 박식한 것만으로는 충분하지 않고, 특히 친절해야 한다고 전 교훈처럼 언제나 되새깁니다.

당신이 저의 캄차카라고 부르시는 것에 대해서는, 만약에 제가 이것만큼이나 자주 강력한 격려를 받았더라면 저는 그것으로 덥고 인구도 많고 드넓은 시베리아를 만들 힘을 가졌을 거라고 믿습니다. 선생의 활동과 기력을 보노라면 저는 매우 부끄럽습니다. 그나마 다행히 제게는 성격상 도약하고 흥분하는 기질이 있어, 매우 불충분합니다만 지속되는 의지의 행동을 대체합니다.

시인이자 소설가인 생트뵈브의 시집 『노란 광선』과 소설 『관능』을 무한히 사랑하는 저는 이제 언론인으로서의 그도 축하해야 하나요? 무엇이건 말할 수 있고 어떤 난관이든 유희로 만들어 버릴 수 있는 그런 확신에 찬 필력에 다다르기 위해서 당신은 어떻게 하시나요? 당신이 아카데미 개혁을 다룬 기사가 풍자문이 아닌 것은 당신이 정당하기 때문이지요. 제게 충격을 준 것은 격정적인 양식을 가진 그 기사에 당신이 대화할때 지닌 설득력이 고스란히 들어 있다는 것입니다. (정말로 저는 그 기사에 참여하고 싶을 정도였습니다. 저의 이런 건방을 용서하세요. 당신이 모르고 누락하신 두세 가지 큰 실수를 알려 드릴 수도 있었겠지요. 이것은 한가하게 이야기할 기회에 말씀드릴게요.)

아! 그리고 당신의 이상향! 거물급 회원들에게 그토록 소중한 애매함을 선거에서 몰아낼 멋진 방법! 당신의 유토피아가 제게 새로운 자부심을 주었습니다. 저 역시 개혁이라는 유토피아를 행했었지요. 그것은 오래전에 헌법 초안을 만들려고 했던 것처럼[2] 저를 밀어붙이던 혁명 정신이라는 오래된 유산인지요? 당신의 이상향은 전적으로 가시적이라는 점에서, 또한 그것이 채택될 날이 어쩌면 멀지 않다는 점에서 큰 차이가 있지만요.

풀레 말라시스는 당신의 훌륭한 기사로 소책자를 만들려고 몹시 흥분하고 있어요. 그러나 그는 감히 당신을 만나러 가지는 못합니다. 당신이 자신을 원망하고 있다고 믿고 있어요.

부탁인데 다음 문장에 답변해 줄 시간(몇 분)을 내겠노라제게 약속해 주세요. 큰 괴로움, 일해야 하는 필요성, 오래된

---

2 루이 필리프의 왕정을 폐지한 1848년 2월혁명 때이다.

상처[3]를 포함한 육체적인 고통들이 제 작업 활동을 중단시키는군요. 저는 이제야 제 중요 서적들 모음 15부를 마련했습니다. 매우 제한적인 배포 목록도 작성되었습니다.

라코르데르 후임 자리를 고른 것은 좋은 전략이라 생각됩니다. 거기에는 글쟁이들이 없으니까요. 이것이 원래 제 의도였는데, 만약 제가 그 자리에 입후보하지 않는다면 그것은 당신에게 거역하지 않기 위해서이고, 또 너무 엉뚱하게 보이지 않기 위해서입니다. 이런 제 생각이 좋다고 믿어 주신다면 저는 다음 수요일 전에 빌르맹 씨에게 편지를 한 통 쓰면서 후보 지원 선택은 오로지 당선 성공이라는 욕구에 의해서 좌지우지되어서는 안 되고, 고인에 대한 기억에 공감하는 존경의 표시가 되어야 하는 것 같다고 간단히 말하려 합니다. 아무튼 라코르데르는 낭만파 사제이고, 저는 그를 좋아합니다. 어쩌면 편지에 낭만주의라는 단어를 슬그머니 집어넣을 수도 있지만, 당신과 의논하지 않고 하지는 않겠습니다.

그 인정머리 없는 수사학자, 꽤나 심각하고 불친절한 그 양반이 제 편지를 읽어야 할 텐데 말입니다. 그 사람은 이야기할 때조차 르노르망 양[4] 같은 표정을 짓고 점잔 빼면서 (하지

---

3 매독의 재발을 완곡하게 표현한 것이다.
4 아멜리 르노르망(1803-1893)은 역사학자로 이집트 고고학자 샤를 르노르망(1802-1859)의 아내다.

만 진술하지는 않게) 설교를 합니다. 저는 르노르망 양을 본 적이 있는데, 교수 가운을 차려입고 콰지모도처럼 자리에 웅크리고 있더군요. 그녀가 빌르맹 씨보다 나은 점은 목소리가 매우 호감을 준다는 것이었지요.

혹시라도 빌르맹 씨가 당신에게 소중한 사람이라면, 제가 방금 전에 말한 모든 것을 즉시 취소하겠습니다. 그리고 당신에 대한 애정으로 저는 그를 좋게 보려고 애쓸 겁니다. 하지만 교황주의자로서 저는 그보다 낫다는 생각을 금할 수가 없으며…… 물론 저는 의심스러운 가톨릭교도입니다만.

탈모증과 백발에도 불구하고 저는 당신께 어린 소년처럼 말을 하고 싶군요. 제 모친은 몹시 무료해하며 제게 쉼 없이 새로운 소식을 요구합니다. 그녀에게 당신의 기사를 보냈어요. 거기에서 모친이 어떤 기쁨을 끌어낼지 저는 알고 있답니다. 저와 제 모친을 위해 감사드립니다.

당신의 충실한 친구가.

C. H. 보들레르.

1862년 1월 24일경
파리 암스테르담가(街) 22번지

34 언제나 고독을 꿈꿉니다

귀스타브 플로베르에게

친애하는 플로베르, 당신은 진정한 전사로서 신성한 부대의 일원이 될 자격이 있습니다. 진정한 정치를 전제로 하는 우정에 대해 당신은 맹목적인 신념을 가지고 계십니다. 그러나 철저한 은둔자이기에 당신은 아카데미와 입후보 신청에 관한 생트뵈브의 그 유명한 기사를 읽지 못하셨습니다! 이것은 일주일 내내 인구에 회자됐고, 아카데미 내에서 격렬하게 반향을 불러일으켰을 테지요.

막심 뒤 캉은 제 체면이 깎였다고 말을 합니다. 저를 자택에 들이지도 않겠노라 선언한 아카데미 회원들이 있다지만(그런데 그게 사실일까요?) 저는 방문을 이어 가고 있습니다. 경솔하게 입후보를 했습니다만, 전 후회하지 않습니다. 단 한 표도

얻지 못할지라도 저는 후회하지 않을 테니까요. (스크리브 후임) 선거는 2월 6일에 열리고, 마지막 선거(라코르데르 자리는 2월 20일)에서 저는 두세 표라도 뽑아 내도록 노력하렵니다. 생존한 아카데미 회원이신 공작의 우스꽝스러운 아들 브로유 소공(小公)[1]에 맞서는 건 (마땅한 입후보자가 갑자기 등장하지 않는 한) 저 혼자일 겁니다. 이미 그가 임명된다고들 말합디다. 이런 작자들은 자신의 수의가 오를레앙파라면 기어이 그를 뽑는 선거를 치러 낼 거니까요.

조만간 분명 우리는 서로 만날 겁니다. 저는 언제나 고독을 꿈꾸는 사람이지만, 당신이 돌아가기 전에 제가 출발했다면 몇 시간 동안만이라도 방문을 드렸을 겁니다. 그곳으로요.

당신이 어찌 보들레르라는 이름이 의미하는 바(오귀스트 바르비에, Th. 고티에, 방빌, 플로베르, 르콩트 드 릴, 다시 말해서 순수문학파)를 짐작하지 못하셨겠어요? 몇몇 친구들은 이것을 즉시 잘 알아보고 제게 나름 공감을 표하더군요.

감사드리며 안녕히 계십시오.

C. H. 보들레르.

---

1   빅토르 드 브로유(1785-1870) 공작과 알베르 드 브로유(1821-1901) 공작 부자는 각각 외무장관과 법무장관을 역임한 정치가로서, 두 사람 모두 아카데미 프랑세즈의 회원이다. 알베르 드 브로유는 역사가이기도 하다.

금속 펜으로 글을 쓰는 일은 마치 흔들거리는 바위들 위로 나막신을 신고 걷는 것 같다는 것을 당신도 느껴 보셨는지요?

1862년 1월 31일
파리

35 "이제는 벼랑 끝이다"

오픽 부인께

　어떻게 자신의 어머니에게 편지 쓰는 것이 이토록 힘들고, 드물게 행해지는 일이 돼 버렸을까요? 단순하고 기분 좋음 직한 것인데도요. 좋으면서 또 의무이기도 한 것을 아무것도 아닌 일로 만드는 것 역시 꽤나 어려운 일이지요. 노쇠와 더불어 늘어만 가는 수많은 근심들이 의무로, 또 유쾌한 의무로까지 인정되는 모든 것을 이행하는 것을 방해하는군요.
　사랑하는 어머니, 무엇보다도, 무엇보다도 건강은 어떠하신지요? 엄마가 자주 '나를 생각해 주는 아들이 있지!'라고 여기시듯 엄마가 멀리서라도 제 생각을 이해할 수 있으시다면……. 그러나 이 모든 것은 말뿐이고, 시적인 예측일 뿐이죠. 엄마는 제가 보란 듯이 헌신하는 것을 더 좋아하실 테니까요.

최근 보내 주신 편지에서 엄마는 제게 어찌나 냉혹하시던지요! 그 잔인한 500프랑이란![1] 그 편지에서 제게 충격을 주었던 유일하게 심각한 것은 '이제는 벼랑 끝이다.'라는 말씀뿐이었습니다. 하지만 엄마는 많은 것들을 간과하실 것이라고 언제나 짐작합니다. 제가 출발을 하려던 순간에 머리 위로 그 많은 기왓장들이 떨어질 거라고 추측이나 할 수 있었겠어요?

예를 들어 저는 말라시스의 파산(엄마는 분명 사람들이 이것에 대해 말하는 것을 들었을 것입니다.)에 연루될 뻔했는데, 이것은 모든 경우에 있어 제 삶에 대단한 동요를 던져 주고 있습니다. 저는 5,000프랑을 빚지고 있습니다. 제가 이 사실을 사법 당국에 감추기로 결심한 것은 후일 말라시스와 그의 모친에게 직접 전달하기 위함입니다.

다음으로 『악의 꽃』과 중도 포기한 『인공 낙원』은 가격 인하의 위험에 처해 있고요! 하지만 이 모든 것에 대해서 엄마는 들은 것이 전혀 없으시지요.

저는 덤벙대며 종이를 뒤집어 놓고 이 편지를 시작했기에 엄마가 읽기 편하시도록 할 수 없이 페이지를 매겨야 합니다. 미신을 믿는 사람이라면 여기에서 나쁜 징조를 볼 수도 있겠네요.

1 모친 오픽 부인은 6월 21일에 시인에게 500프랑을 가불해 주었다.

엄마께서 무료함을 달래시도록 책들을 보냈습니다. 좋은
책들입니다. 『동물들에 관한 편지』(그 어리석은 의사의 서문은
제외)와 『라모의 조카』²(십중팔구 엄마도 알고 계셨지요.)는
경탄할 만합니다. 그러나 엄마는 제가 왜 『프랑스 시인들』을
보내드렸는지 전혀 짐작조차 못 하셨네요. 엄마가 생각하시듯
이 제가 연로했다는 것을 보여 드리기 위해서가 아니고, 저와
관련한 고티에의 평론을 보여 드리기 위함이었습니다. 이것은
시의 역사에 있어서 고티에가 저에 대해 쓴 부분입니다. 어쩌
면 엄마는 아직 읽지 않으셨을 거예요.

그리고 엄마가 보낸 염탐꾼들은요? 그들에 관해 우리는
나중에 무슨 말을 할까요? 얼간이들입니다! 엄마께 제가 즐겁
게 지낸다고 말했다는데, 전혀 아닙니다. 그게 가능한 일인지
요? 어쩌면 겁먹게 해서 그들에게서 빨리 벗어나려고 제가 즐
거운 체하는 것인지도요. 제가 잘 차려입고 있다고 엄마께 보
고하던가요? 제가 누더기 옷을 벗어 버린 것은 겨우 일주일
전입니다.

제 건강 상태가 양호하다고 말하던가요? 류머티즘, 악몽,
불안증 등 제 지병들 중 그 어떤 것도 사라지지 않았어요. 제

---

2 샤를 조르주 르루아(1723-1789)의 『동물들에 관한 편지』는 동물 행동에 관한 선구
   적 저서이며, 『라모의 조카』는 드니 디드로(1713-1784)의 소설이다. 이 두 권 모두
   풀레 말라시스가 파산 직전에 재출간한 것이다.

위를 때리는 모든 소리들이 들리는 이 견딜 수 없는 능력도 여전합니다. 특히 공포심, 돌연사에 대한 두려움, 제가 너무 오래 사는 것에 대한 공포심, 엄마가 돌아가시는 것을 보게 되는 공포심, 잠드는 것에 대한 두려움과 잠에서 깨어나는 끔찍함. 가장 긴급한 일들을 몇 달 동안이나 미루게 만드는 이런 마비 상태는 연장되고 있고, 온 세상에 대한 제 증오를 어떻게든 강화시키는 이상한 지병들도 여전합니다. 그래도 엄마는 제게 매우 자세하게 당신에 대해서, 특히 엄마의 건강에 대해서 말씀해 주세요.

이미 매우 오래 전, 그 500프랑 무렵에 저는 물론 홀로 베르사유에 갔었습니다. 저는 베르사유와 트리아농을 매우 좋아합니다. 인적이 드문 좋은 곳들이지요. 가는 내내 엄마 생각을 안 할 수가 없었는데, 제 기억에 몇 해 전 암스테르담가에서 생클루에 이르는 같은 여정을 함께했기 때문이에요.

당시 엄마는 마드리드 아니면 콘스탄티노플에서 막 귀국하신 때였지요.[3] 제가 전망 좋은 곳들을 발견하면 그 앞에서 엄마는 습관처럼 과장하시며 "이 얼마나 아름다운지!"라고 외치시고 이어서 "그런데 너는 자연의 아름다움을 느끼지 못하는구나. 네 나이에 걸맞지는 않다만."이라 덧붙이셨지요. 실제로

---

3   시인의 의부 자크 오픽은 콘스탄티노플 주재 전권공사(1848-1851)와 마드리드 주재 대사(1851-1853)를 역임하였다.

엄마는 자신을 이렇게 표현하십니다. 트리아농의 경작지는 분명 제 넋을 사로잡았어요. 당시 저는 엄마와 함께 있다는 생각이 들 정도였어요. 제가 엄마를 보았는데, 실제인 듯 바라보았는데 제가 익히 알고 있는 표정 같은 것을 지으시며 "이 모든 것이 정말 아름답구나. 그런데 내 사랑하는 아이야, 나는 내 정원을 훨씬 더 좋아하는 것을 넌 알고 있지."라고 말씀하시는 거예요. 사랑하는 어머니, 제가 엄마를 웃으시게 하면 좋겠네요. 사랑하는 어머니, 엄마 자신에 대해 제게 말씀해 주세요.

저는 굉장한 일에 푹 빠져 있어요.[4] 하지만 일을 잘 마무리할 수는 없을 거예요. 제가 빚에 짓눌려 있다는 사실을 모든 이가 알고 있으니까요. 제 스스로를 제물로 바치게 될 겁니다. 만일 일주일 후에 제가 엄마께 편지 드린다면, 모든 것이 끝났고 잘 끝난 것이라, 그때 엄마는 저의 품격과 더욱 쾌적해진 삶을 기대하실 수 있을 거예요.

만일 엄마의 상상력으로 제가 무엇을 괴로워하고 있는가를 알아맞히실 수 있다면, 법정후견을 생각해 보세요. 엄마는 제가 그 안에서 죽도록 놔두기를 원하시나요? 엄마에게 입맞춤을 보냅니다.

---

4   정부 보조금을 받는 극장의 극장장 선임을 추진 중이었다.

샤를.

1862년 12월 13일

파리

36 외곬의 도덕적 의도에 대한 증오심

찰스 스윈번[1]에게

선생, 제 친구 중의 한 명, 제 가장 오랜 친구 중 하나가 런던에 갑니다. 나다르 씨인데, 그를 알게 된다면 분명 즐거우실 것입니다. 만약 제가 당신 나라 영국의 대중에게 강연하러 간다면 틀림없이 저를 위해 당신이 하셨을 갖가지 배려를 그에게 베풀어 주시기를 부탁드립니다. 정보, 조언, 홍보 등 그는 많은 것이 필요합니다.[2]

런던에 있는 몇 안 되는 저의 지인들에게 보내는 편지를

---

1 앨저넌 찰스 스윈번(1837-1909)은 영국의 시인 겸 문학비평가다. 1862년 『악의 꽃』을 격찬하는 평론을, 보들레르 사망 시에는 그에게 헌정하는 시 「안녕히 그리고 잘 가시게」를 발표했다.

2 1858년 열기구를 이용한 최초 공중촬영의 성공에 고무된 나다르는 거대한 여행용 기구 '거인'의 제작 비용 마련에 동분서주해, 원조를 구하러 영국에 갔다.

부탁한 나다르에게 무한히 감사한 이유는, 이런 식으로 제가 당신께 오랫동안 청산하지 못했던 큰 빚을 갚도록 그가 시키기 때문입니다. 1862년 9월 잡지 《스펙테이터》에 게재하셨던 『악의 꽃』에 관한 훌륭한 평론에 대해 말씀드리려는 것입니다.

언젠가 바그너 씨가 저를 얼싸안고 「탄호이저」를 다룬 제 팸플릿에 고마워하며 "프랑스 문인이 그 많은 것들을 이토록 쉽게 이해할 수 있다는 것을 전 결코 믿을 수가 없네요."라고 말하더군요. 편협한 애국자가 아닌 저로서는 이런 칭찬에 담긴 그의 호의를 통째로 받아들였습니다. 이번에는 제 차례로, "저는 결코 영국 문인이 프랑스적인 미, 프랑스적 의도, 프랑스의 운율을 그토록 잘 파악할 수 있다는 것을 믿을 수가 없군요."라고 당신에게 말씀드리는 것을 허락해 주십시오. 하지만 8월에 발행된 같은 잡지에 게재된 그토록 현실적이면서 동시에 미묘한 감정이 스며들어 있는 선생의 시를 읽은 후에는 더 이상 전혀 놀라지 않게 되었습니다. 시인들을 잘 이해하는 데는 시인들만 한 사람도 없지요.

그래도 당신이 저를 변호하려고 좀 멀리 나가셨다고 말씀드리는 것도 허락해 주세요. 당신이 친절하게도 그렇다고 상상해 주시는 것만큼 저는 도덕가가 아닙니다. 저는 단지 (분명, 당신과 마찬가지로) 모든 시, 잘 만들어진 모든 예술품은 자연적이고도 필연적으로 어떤 윤리를 암시하고 있다고 믿을 뿐입니다. 윤리는 독자의 관심사지요. 저는 심지어 시 속에 담긴 모든 외곬의 도덕적 의도에 결연한 증오심을 가지고 있답니다.

당신의 출판물을 제게 보내 주시면 감사하겠습니다. 그것들을 읽는다면 전 큰 기쁨을 맛보겠지요. 제게는 발표할 책이 여러 권 있습니다. 차례차례 당신께 부쳐 드릴 것입니다.[3]

선생, 저의 감사와 공감의 열렬한 표현을 받아 주세요.

샤를 보들레르.

파리 주소는 암스테르담가 22번지.

옹플뢰르 주소는 뇌부르가.

저는 이달 말까지 파리에 있으며, 12월 내내 브뤼셀로 건너가 있을 것입니다.[4]

1863년 10월 10일
파리

---

3 1863년 말 보들레르는 자신의 『바그너론』을 보냈는데, 스윈번은 이를 몹시 자랑스러워했다.

4 보들레르는 스윈번의 답장을 받지 못하게 되는데, 보들레르의 간곡한 추천의 말을 담고 있음에도 불구하고 나다르가 이 편지를 부치는 것을 잊었기 때문이었다.

37 차원이 다른 진지한 즐거움

쥐디트 고티에[1]에게

아가씨, 최근에 저는 친구의 집에서 《모니퇴르》에 실린 당신의 3월 29일 자 서평 기사를 보았습니다. 얼마 전에 당신의 부친이 그 교정쇄를 제게 넘겨준 적이 있었지요. 제가 그것을 놀라워하며 읽었던 것을 아버님은 아마도 당신께 말씀하셨을 테고요. 당신께 고마움을 표하는 편지를 즉시 쓰지 못한 것은 오로지 소심함 때문입니다. 천성이 전혀 수줍지 않은 사내일지라도, 비록 아주 어린 소녀 시절부터 알고 지냈을지라도

---

1   쥐디트 고티에(1845-1917)는 보들레르가 "친구이자 스승"이라 칭하며 『악의 꽃』을 헌정한 테오필 고티에(1811-1872)의 장녀다. 카튈 망데스(1841-1909)의 부인이 되어 빅토르 위고, 귀스타브 플로베르, 샤를 보들레르 등과 교류하였다. 그녀는 1910년에 아카데미 공쿠르에 들어간 첫 번째 여성 문인이다.

아름다운 젊은 아가씨 앞에서는 거북해할 수 있답니다. 특히 그녀에게서 도움을 받을 때면요. 또 자신이 너무 정중하거나, 너무 냉랭하거나 또는 과도한 열정으로 그녀에게 감사를 표하게 될까 봐 두려운 것이지요.

제가 받은 첫인상은 이미 말씀드렸듯이 놀라움이었는데, 심지어 언제나 유쾌한 인상입니다. 다음으로 이런 놀라운 인상을 더 이상 의심할 수 없게 되었을 때, 저는 말로 표현하기 힘든 감정을 느꼈습니다. 절반은 제가 이토록 잘 이해받고 있다는 즐거움이었고, 나머지 절반은 아주 오래되고 여전히 소중한 친구들 중 한 사람이 자신에게 진짜 걸맞은 따님을 두고 계시다는 사실을 알게 된 기쁨이 혼합된 감정이었습니다.

『유레카』[2]에 대한 매우 정확한 분석에서 제가 당신 나이라면 어쩌면 할 수 없었을 것을, 또 스스로를 교양 있다고 자부하는 성숙한 남자들 무리조차 불가능한 것을 당신은 해내셨습니다. 요컨대 제가 불가능하다고 쉽사리 여길 것을 당신은 제게 보란 듯이 입증하셨습니다. 이는 모든 여자들의 삶을 차지하고 있는 그토록 어리석고 저속한 즐거움들과는 전혀 차원이 다른 진지한 즐거움을 젊은 여성이 서적 안에서 발견할 수 있다는 뜻입니다.

---

2   『유레카』는 에드거 앨런 포 생전인 1848년에 출판된 마지막 작품으로, 산문시 형태의 지적 서사시다. 보들레르 번역의 불어판은 1864년에 간행되었다.

당신의 성별을 비방함으로써 당신을 모욕하게 될까 봐 저어하지 않고 말씀드린다면, 당신은 여성 일반에 대하여 제가 마음속에 품어 왔던 몹쓸 견해들을 저 스스로 의심하도록 만들었다는 거지요.

매우 이상하게 무례함이 뒤섞여 있는 이런 칭찬에 화내지 마십시오. 비록 아주 선량하고 매력적인 사람일지라도 더 이상 스스로의 단점을 고칠 수 없는 그런 나이에 제가 와 버렸나 봅니다.

아가씨, 저는 언제까지나 당신이 제게 주신 기쁨의 추억을 간직할 것임을 믿어 주십시오.

샤를 보들레르.

1864년 4월 9일
파리

38 묘한 평행 관계

테오필 토레[1]에게

친애하는 선생, 당신이 저를 기억하시는지 저는 모릅니다. 또 우리들이 나누었던 옛 토론들은요? 기나긴 세월이 이렇게나 빨리 흘렀네요. 저는 매우 꾸준히 당신의 미술 평론을 읽고 있습니다. 제 친구 에두아르 마네를 당신이 어느 정도 정당하게 평가하며 옹호하신 때에 제게 안겨 주신 기쁨에 감사드리고 싶습니다. 단지 당신이 표명하신 의견 중에 바로잡아야 할 몇몇 사소한 부분들이 있습니다.[2]

---

1 테오필 토레(1807-1869)는 필명이 윌리엄 뷔르제인 언론인 겸 미술비평가이다. 확고한 민주주의자인 그는 루이 나폴레옹의 쿠데타 이후 브뤼셀로 망명하였다 (1849-1860). 베르메르 등 17세기 네덜란드 회화를 재발견한 것으로 유명하다.

2 토레 뷔르제의 이름으로, 브뤼셀 현지 신문에 파리 미전평을 기고하면서 그는 마네의 「투우 에피소드」와 「천사들과 함께 있는 그리스도」를 벨라스케스, 고야, 엘 그레

흔히 미쳤다거나 격노하고 있다고 여겨지는 마네 씨는 오로지 합리적이기 위해 자신이 할 수 있는 모든 것을 실천하는 매우 충실하고 단순한 사람입니다. 그러나 불행하게도 태어날 때부터 낭만주의라는 낙인이 찍힌 것입니다.

모방작이라는 단어는 옳지 않습니다. 마네 씨는 결코 고야도 그레코도 본 적이 없습니다. 마네 씨는 벨라스케스 작품을 전시한 푸르탈레스 전시실[3]에 가 본 적도 없습니다. 믿을 수 없겠지만, 사실입니다. 이런 묘한 우연의 일치들을 보며 저도 경악했습니다.

어리석기 짝이 없는 프랑스 공화국이 과도한 소유권 존중으로 인해 오를레앙 공작 가문에게 돌려주고 만 그 훌륭한 스페인 미술관을 우리들이 기꺼이 보러 다니던 시기에 마네 씨는 어린애였고 선원으로 배에서 복무하고 있었지요. 사람들이 그에게 고야 모방작들에 대해 말을 너무 많이 하니까 이제는 그가 고야의 작품들을 찾아봅니다. 어디서인지는 모르지만, 그가 벨라스케스 회화들을 본 것은 사실입니다.

제가 말씀드린 모든 것을 의심하고 계신지요? 당신은 이

코를 모작했다고 비난했다.

3   당시 이미 사라진 푸르탈레스 백작의 미술관은 스페인 유파의 작품들을 전시했는데, 그중 벨라스케스의 작품 한 점이 배에 상처를 입고 죽어 있는 마네의 투우사와 유사하다.

토록 놀라운 기하학적 평행 관계들이 자연스레 일어날 수 있다는 것을 믿지 않으십니다.

글쎄요! 사람들은 제가 에드거 포를 모방한다고 비난하고 있어요! 당신은 어째서 제가 그토록 끈질기게 포를 번역했는지 아시나요? 그가 저를 닮았기 때문이었습니다. 처음으로 제가 그의 책을 펼쳤을 때 무섭고도 황홀해하며 본 것은 제가 꿈꾸던 주제들뿐만 아니라, 제가 생각하고 있었으나 이미 20년 전에 그에 의해 쓰인 문장들[4]이었지요.

자 이제 알아보시고, 판단은 당신이 하십시오……! 화내지 마시고, 당신의 머리 한구석에 저를 위한 좋은 추억을 간직해 두세요. 매번 당신이 마네를 돕고자 할 때마다, 저는 당신께 감사할 것입니다.

샤를 보들레르.

저는 이 악필 편지가 당신께 전달되도록 베라르디 씨에게 가져갑니다. 저는 용기 있게, 아니 차라리 제 욕망에 대한 맹목적인 냉소주의로 대처할 겁니다. 아니면 제 편지를 몇 행이라도 인용해 주세요. 제가 당신께 말씀드린 것은 엄연한 진실이

---

4 서간 원문에서 보들레르는 강조하기 위해 밑줄을 무려 네 번 치고 있다.

니까요.

1864년 6월 20일경

브뤼셀 글로브 카페 레스토랑[5]

---

5   이 주점 겸 식당은 나뮈르가(街)의 모퉁이, 생자크 쉬르 코덴베르그 성당 옆인 루아
     얄 광장 5번지에 위치해 있었다.

39 화가 마네에게

에두아르 마네[1]에게

소중한 벗이여, 오늘 아침 작곡가 쇼르네 씨가 악보[2]와 함께 제게 가져다준 당신의 친절한 편지에 감사합니다. 얼마 전부터 전 파리를 두 번 지날 계획이 있는데, 한 번은 옹플뢰르로 가면서이고 또 한 번은 돌아오면서입니다. 제가 이런 의향을 털어놓은 이는 오직 그 광인 같은 롭스[3]뿐이었는데, 그에게 비

---

1 현대 회화의 선구자인 화가 에두아르 마네(1832-1883)는 보들레르를 만난 1862년 이래 그를 사심 없이 도와주는 친구가 된다. 보들레르 역시 마네에게 대단한 우정을 갖고 있었지만, 들라크루아만큼 찬미하지는 않았다. 사망 전 몇 달 동안 반신불수와 실어증에 걸린 보들레르에게 바그너를 연주해 준 이는 피아니스트인 마네 부인이었다.

2 리스트의 「헝가리 광시곡」.

3 펠리시앵 롭스(1833-1898)는 벨기에 판화가이다. 브뤼셀 망명 시기에 알게 된 그에게 시인은 『표류물』의 속표지를 맡겼다.

밀로 해 줄 것을 부탁한 이유는 기껏해야 친구 두세 명과 잠시 악수할 시간만 있을 것이기 때문이었죠. 그러나 쇼르네 씨의 전언에 따르면 롭스가 이것을 여러 사람들에게 말했다는군요. 그 결과 자연스레 많은 이들이 제가 파리에 있다고 믿으며, 지난 일을 잊어버리는 배은망덕한 놈이라고 여기게 되었답니다.

만약에 롭스를 보시게 되면 심하게 촌스러운 그 태도에 너무 신경 쓰지 마세요. 롭스는 당신을 좋아하는데, 당신 지성의 가치를 그가 이해하기 때문입니다. 심지어 그는 당신을 혐오하는 사람들(당신은 반감을 불러일으키는 영광을 누리는 듯 보이니까요.)에 관한 본인의 견해를 제게 털어놓았지요. 롭스는 제가 벨기에에서 찾아낸 (제가, 어쩌면 저 혼자만이 생각하는 예술가라는 단어의 의미에서) 유일한 진정한 예술가입니다.

그러나 여전히 제가 언급해야 할 대상은 당신입니다. 당신께 당신이 지닌 가치를 애써 증명해야 한다니, 당신이 제게 요구하는 바는 진짜 터무니없는 겁니다. 사람들이 당신을 비웃거나 야유하는 것에 당신의 신경은 곤두서고, 사람들은 당신을 정당하게 평가할 줄을 모른다 등등. 당신은 본인이 이런 처지에 놓인 첫 번째 사람이라고 믿으시나요? 당신이 샤토브리앙이나 바그너를 능가할 재능을 가지고 계십니까? 하지만 세상 사람들은 이들도 잘만 비웃지 않았나요? 그런다고 이 두 천재는 죽지 않았습니다. 당신이 너무 기고만장하지 않게 하기 위해 제가 말씀드리고자 하는 바는, 이 인물들은 각자 자신의 장르라는 매우 풍요로운 세계에 있어 귀감이 되나 당신은 쇠락해 가는 당신의 예술 분야에서 그 첫 모델일 뿐이라는 점이지요. 당신을 너무 허물없이 대하는 저를 원망하시지 않기를 바랍니다. 당신을 향한 제 우정을 당신은 알고 계시니까요.

적어도 벨기에인이 인격 있는 사람으로 여겨질 수도 있다는 점에서 저는 쇼르네 씨의 개인적인 느낌이 궁금했지요. 친절한 사람으로서 그가 제게 말해 준 것은 "결점도 약점도 있으며 안정감도 부족하지만, 거부할 수 없는 매력이 있다."라는 것입니다. 몇몇 재사(才士)들이 당신에 대해 말해 줘 제가 알고 있는 것과 일치하더군요. 이 모든 것을 알고 있는 저는 단번에 그의 말을 이해했습니다. 그는 여자 흑인 노예와 함께 있는 나부와 고양이(확실히 고양이가 맞는지요?)를 묘사한 그림[4]이 병사들에게서 모욕받는 예수를 그린 종교화보다 훨씬 낫다고 덧붙이더군요.

르메르[5]에 대해선 새로운 것은 없어요. 르메르를 분발시키려 제가 몸소 가려 합니다. 이곳에서 『불쌍한 벨기에』를 탈고하는 것은 불가능합니다. 저는 쇠약해져서 죽을 지경에

---

4   마네의 1863년 작 「올랭피아」.
5   쥘리앵 르메르(1815-1893)는 브뤼셀에 있던 보들레르가 파리의 문학 대리인으로 고른 출판업자다.

요. 잡지 두세 개에 나누어 실을 다수의 산문시들이 있습니다
만, 진척을 못 시키고 있습니다. 소싯적에 세상 끝에서 지냈던
때처럼 몸은 아프지 않은 심적 고통[6]으로 전 괴로워합니다. 그
렇다고 제가 애국자는 아닙니다.

C. B.

1865년 5월 11일 목요일

브뤼셀

---

6   브뤼셀에서 파리와 프랑스를 그리워하는 시인의 향수병.

40 독서의 즐거움

생트뵈브에게

내 친애하는 친구, 보내 주시는 친절한 편지에 제가 매번 제대로 감사드리지 못했네요. 당신이 매우 분주하다고 제가 알고 있는 것이 당신으로서는 정말로 더 마음 편하실 겁니다. 때때로 당신께 답장하는 일이 늦어지는 건 제 의지에 반해 가끔은 며칠 동안이나 침대에서 꼼짝 못하게 만드는 그런 건강 상태에 처해 있기 때문입니다.

당신의 충고대로 저는 파리로 가서 가르니에 형제를 직접 만날 겁니다. 그때 무례하게도 다시금 당신께 도움을 부탁드려도 될까요? 그런데 그게 언제가 될는지요. 6주 전부터 전 약상자에 빠져 지내고 있답니다. 맥주를 끊어야 할 정도입니다. 그것만 아니라면 저는 더 이상 바랄 것이 없습니다. 홍차와 커피는 더 심각하지만 역시 없이 지내고요. 포도주는? 제기랄! 그것은 정말 가혹합니다. 이곳 브뤼셀에는 지독하게 몰인정한 짐승 같은 의사가 있어 독서와 연구마저도 금지합니다. 이상한 치료법으로 인해 제 주된 활동이 금지되는군요! 또 다른 의사는 위로랍시고 제가 히스테리 환자라고 말을 합니다. 만물에 대한 인간의 무지를 덮기 위해 이토록 잘 선택된 거창한 단어들을 고무줄처럼 사용하는 것에 당신도 저처럼 감탄하시는지요?

전 끝내지 못하고 있던 『파리의 우울』(산문시집)에 다시 몰두했습니다. 요컨대 제 희망이란 산책하며 우연한 일들을 마주칠 때마다 광상곡같이 떠오르는 생각과 연결하여 각각의 대상에서 불쾌한 교훈을 이끌어 내는 새로운 조제프 들로름[1]을 가까운 시일에 선보였으면 하는 겁니다. 하지만 통찰력 있으면서 동시에 경쾌한 방식으로 사소한 것들을 표현하고자 한다면, 이것을 실제로 행하는 일은 매우 어렵습니다!

조제프 들로름은 아주 자연스레 거기에 도달했던 것입니다. 저는 당신의 시들을 처음부터 다시 읽었습니다. 제가 기뻐하며 알아낸 것은 페이지를 넘길 때마다 옛 시인 친구들의 시행을 제가 알아보았다는 점입니다. 제 소년 시절 취향이 그다

---

1   1829년 출간된 생트뵈브의 첫 시집 『조제프 들로름의 생애, 시 그리고 사상』을 지칭하는 것으로, 조제프 들로름은 생트뵈브 자신을 가리킨다.

지 나쁘지 않았던 것 같아요. (이와 같은 일이 지난달에 로마 시인 루카누스를 통해 제게 일어났답니다. 언제나 재기 넘치고, 우울하며, 비통하고, 스토아학파풍인 그의 서사시 『파르살루스』가 제 신경통을 달래 주었어요. 이런 독서의 즐거움을 통해서 저는 우리네 인간들은 실제적으로 전혀 바뀌지 않았다고 생각하게 되었답니다. 말하자면 인간들에게는 뭔가 변하지 않는 것이 있다는 것입니다.)

당신은 본인의 저작들이 언급되는 것을 불편해하지 않으시기에 서른 쪽 분량의 진솔한 작품론을 제가 써 보려는 유혹을 가져 봅니다만, 우선은 저 자신만을 위해 훌륭한 프랑스어로 쓰고, 그 다음에 신문(시를 이야기할 수 있는 신문이 여전히 존재한다면)에 넘기는 편이 낫겠다는 생각이 들었습니다. 제 머릿속에 불현듯 떠오르는 책 속 몇몇 힌트들은 다음과 같습니다.

저는 예전보다 당신의 시집 『위안』과 『8월의 상념』을 훨씬 잘 이해합니다. 눈에 띄는 부분들을 아래에 메모해 보았습니다.

「G 부인에게 보내는 소네트」, 225쪽. (당신은 키 크고 우아한 적갈색 머리의 여인 그랭블로 부인을 아시는지요? 그녀 때문에 거침없다라는 단어가 만들어졌고, 그녀는 파리의 몇몇 여배우들처럼 허스키한, 아니 차라리 깊고도 호감을 주는 그런 목소리를 지니고 있었지요. 저는 미르벨 부인이 그녀에게 훈계하는 것을 자주 들으며 즐거워했는데 잔소리 내용은 터무니없었습니다. 혹시 제가 틀렸다면 다른 G. 부인일 수도 있겠습니다. 이런 시집들은 시이자 심리 분석일 뿐만 아니라, 연대기이기도 합니다.)

「분노하는 그대」, 192쪽.
「이륜 마차 안에서」, 193쪽.
「장례 행렬에서 돌아오면서」, 227쪽.
「그녀가 여기 있다」, 199쪽.

235쪽에서 티에르, 베리에, 티에리, 빌르맹[2] 씨의 동의를 바라는 당신을 보며 전 조금 기분이 상했습니다. 진정 이분들이 어떤 예술품이 주는 벼락을 맞는다거나 마법에 걸리는 기분을 느끼거나 할까요? 그리고 그 많은 입증 자료들이 쌓여 있는데도 인정받지 못할까 봐 그토록 두려우셨나요? 그렇다면 당신을 찬미하기 위해서 제가 베랑제 씨의 허락을 받아야 하나요?

이런! 「오르간 연주자」 242쪽을 잊을 뻔했네요. 저는 두덩, 마레즈, 라몽, 장 씨 등과 같은 작가들의 이야기 목적과 기법을 예전보다 더 잘 파악합니다. 분석적 애가라는 단어는 앙드

2   보들레르는 아카데미 프랑세즈에 입후보한 이래 이 기관의 종신 총무 아벨 빌르맹을 줄곧 싫어했다.

레 셰니에보다 당신에게 더 잘 어울립니다.

제 생각에 훌륭한 작품이 하나 더 있는데, 모르는 시체 곁에서 보내는 상가의 밤샘 이야기로, 빅토르 위고의 자식들 중 한 명이 태어나던 시기에 그에게 헌정된 작품이지요. 제가 무대(풍경이나 실내 가구)라고 부르는 것은 언제나 완벽합니다.

『조제프 들로름』의 몇몇 군데에서 제가 찾아낸 것은 조금 과한 류트, 리라, 하프, 그리고 야훼입니다. 이것들은 파리를 다룬 시들과는 어울리지 않아요. 게다가 당신은 이 모든 것을 혁파하려 오셨습니다.

정말 용서해 주세요! 제가 횡설수설하는군요! 제가 감히 당신께 이토록 길게 말씀드린 적은 결코 없었습니다.

제가 외울 정도로 익히 알고 있는 작품들을 찾아보았습니다. (사람들은 왜 기억이 읊조리는 것을 군이 책 속 활자에서 찾아내서 기뻐하며 다시 읽는 걸까요?)

「생루이섬에서」(『위안』)

「골짜기의 패인 곳」, 113쪽.

『조제프 들로름』 속의 많은 작품들이 있지요!

그리고 「장미」(매력 있습니다.), 127쪽.

「커크 화이트의 서글픈 서정시」, 139쪽.

「들판」(10월의 멋진 풍경), 138쪽.

정말! 이만해 두겠습니다. 그럴 자격도 없는 제가 당신을
칭찬하는 것 같네요. 격에 맞지도 않고요.

2월 5일.

친애하는 친구, 이 편지는 오랫동안 중단된 채 있었습니
다. 그사이 제게는 현기증과 졸도가 재발했었지요.

곧이어 저는 당신 역시 아프셨다가 회복하셨다는 것을 알
게 되었습니다. 이 소식에 전 불안하고요, 먼저 알게 된 말라시
스 역시 그랬답니다. 소문에 의하면 수술 문제라고 들었는데
어떤 수술인가요? 요즘 상태는 어떠신지요?

저에게 답장 예절은 없으셔도 됩니다. 그러나 부탁드리건
대 당신의 충실한 말썽꾼 쥘 트루바[3]에게 당신의 건강에 대해서 몇
줄이라도 제게 편지 쓰라는 임무를 맡기십시오. 만약 당신이 이
런저런 사소한 일들을 챙길 여력이 있으시다면 그에게 새로운
신문《라르》의 해당 호[4]를 제게 찾아주고, 운문으로 된 다른 정
기간행물《르 파르나스》(뒤에 형용사가 붙어 있던데요.)[5]에 관

3   쥘 트루바(1836-1914)는 1861년부터 생트뵈브의 비서였던 문인이다.
4   폴 베를렌의 「보들레르론」이 실린 호들. 《라르》에 세 차례(1865년 11월 16일, 11월
)에 나뉘어 실렸다.
5   1866년 10월 단행본으로 간행된《르 파르나스 콩탕포랭》1집. 카튈 망데스가 주관
     하여 18호를 발행(1866. 3. 3.-1866. 6. 30.) 이 무크지에는 1861년『악의 꽃』재

한 정보를 제게 친절하게 알려 주라고도 말씀해 주세요.

게다가 말라시스는 18세기 작가 부아즈농에 대해서 아무 것도 찾아내지 못했어요. 제 생각에 그는 당신이 그에게 하신 작은 훈계[6]로 약간 얼이 빠져 있었을 겁니다. 사실 그는 엉뚱한 생각(본인도 짐작하지 못한)을 가지고 있었습니다. 당신은 본인을 좋아하는 이들을 결코 오랫동안 꾸짖지 않는다는 사실을 알고 있는 저로서는 그를 꽤나 비웃었지요.

우정과 의절한 친구에 대해서는, 과자 가게 여주인을 향한 완벽한 경기병 장교의 사랑 이야기(몰렌 스타일)인 「과자 가게 여주인」(제목이 그런 것 같아요.)[7]이라는 폴 드 몰렌의 중편소설 안에서 아래 적은 당신의 멋들어진 시행이 산문으로, 그것도 매우 잘 표현되어 있다는 것을 알고 계신지요? 이미지는 우정에서 사랑으로 바뀌어 있습니다. 어쩌면 그는 자신이 당신을 모방했다는 것도 몰랐을 겁니다.

시간도 되기 전에 태내에서 죽어 버린 아이처럼

판(再版) 이후의 보들레르 신작 시편들이 실리게 된다.

6   풀레 말라시스는 생트뵈브에게 선정적인 서적들과 함께 나폴레옹 3세를 비난하는 소책자들을 보냈는데, 제2제정의 상원 의원인 생트뵈브는 정치적으로 연루되는 것을 염려하여 비서를 통해 풀레 말라시스를 간접적으로 훈계한 바 있다.

7   장교이자 작가인 폴 드 몰렌(1821-1862)의 중편소설로, 정확한 제목은 『난봉꾼의 암초』다.

(『시전집』제2권, 195쪽, 12행)

참, 당신은 아프신데 제가 피곤하게 해 드렸을 수도 있겠네요. 편안히 계십시오.

C. H. 보들레르.

1866년 1월 15일과 2월 5일
브뤼셀

41 『악의 꽃』이라는 잔혹한 책

나르시스 앙셀에게

친애하는 친구, 제 편지는 발송되었는데 당신의 끔찍한 편지[1]가 막 도착했군요. 레크리뱅이 당신을 보러 가지 않았건 당신이 제 편지를 기다리지 않았건, 저로서는 유감입니다. 레크리뱅은 가르니에 형제 출판사에서 계약이 성사되리라고 확신하고 있었거든요. 이번 대화에 상당한 오해가 있었나 봐요. 이폴리트 가르니에는 르메르를 만나지 않았고, 1년이나 됐는데! 도대체 그 편지 아니 제가 당신을 통해 건넸던 르메르에게 보낸 편지 두 통은 어찌된 것인지, 또 가르니에의 생트뵈브 방문은요? 제가 브뤼셀에 있으니 상관없다는 건가요?

---

1   앙셀의 편지는 가르니에 형제 출판사의 출판 거절을 통지하는 내용이다.

저는 여기서 미셸 레비 출판사를 위한 책 한 권(마지막 책)을 잘 끝냈어요. 『인공 낙원』은 대단한 문학적 성공을 거두었는데, 그렇게 많은 논평을 받은 책은 거의 없을 것입니다. 단지 말라시스의 몰락으로 판매와 금전적인 성공에 어려움을 겪고 있지요. 『동시대인들』은 사람들이 전혀 모르고요. 여러 편의 단장이 발표되었지만 극도로 무명의, 알려지지 않은 신문들에 실렸으니까요. 『악의 꽃』은 잊힌 책이랍니다! 이것은 너무도 터무니없는 일입니다. 사람들은 언제나 이 책을 찾습니다. 어쩌면 몇 년 후에야 사람들이 이 책을 이해하기 시작할 겁니다.

에첼! 에첼과는 출판 제작의 어떤 개시조차 없었답니다. 그는 제게서 『파리의 우울』과 『악의 꽃』의 판권을 매입했어요. 우리가 만났던 브뤼셀에서 제가 그에게 전집을 한꺼번에 팔기 원한다고 말하자 그는 제게 동의했는데, 이는 저나 르메르처럼 그도 이 두 권의 책이 전집의 판매를 촉진할 거라 믿었기 때문이지요. 에첼과는 금전상의 작은 문제[2]만 해결하면 될 겁니다.

그렇다면 이제 무엇을 할까요? 전집을 작은 부분들로 나

[2] 풀레 말라시스의 파산 이후 보들레르는 1863년 1월 에첼에게 1,200프랑에 출판권을 넘겼다. 이 때문에 1865년 7월에 풀레 말라시스와의 갈등이 야기되었다.

누어야 하나요? 제 생각에 그것은 경솔하며 지난합니다. 당신은 저의 파리행을 기다리면서, 가볍게 새로운 협상에 착수하길 원하시나요? 당신은 이제 이 일에 매우 정통하다고 느끼시는지요? 그렇더라도 모든 돌발 상황과 갑작스러운 충동을 경계하시고, 잘 계산된 행보로만 진행하세요.

접촉 가능한 출판사들 목록

레비(미셸)

2년 전 저는 그에게 전집을 제공했지요. 그는 저를 손쉽게 다루기 위해서 시간을 질질 끌기를 원했습니다. 그는 제가 에첼과 협상했던 것을 알게 됐어요. 그는 격노하여 에첼이 알짜들을 가져갔다고 말했지요. 만약에 미셸로 다시 돌아가야 한다면, 제가 에첼과 맺은 계약을 취소시킨 것은 바로 그를 생각해서이며 『악의 꽃』과 『파리의 우울』은 제 수중에 다시 들어와 있다는 점을 반드시 그에게 말해야 해요. 그러나 기만과 미셸 레비와의 불쾌한(언제나 불쾌한) 관계들, 이 얼마나 모욕적인지!!!

아셰트 출판 가문(오늘날은 그의 사위들)

크고 견고한 출판 가문이죠. 데샤넬이 제게 그곳에 지원하라고 제안한 적 있습니다. 게다가 그곳에서 저는 꽤나 알려져 있더군요. 하지만 지식인들, 교수들, 선생들, 현학자들, 행이 바뀔 때마다 고료를 받는 고결한 문학자들, 그리고 기타 어중이떠중이들의 출판사에서 제 문학이 불러일으킬 게 뻔한 혐오감을 생각해 보세요!

포르

대단히 좋은 선택입니다. 그가 브뤼셀에 왔을 때 저는 그와 만찬을 가졌어요. 그가 제 책들을 어느 정도라도 원했더라면 제게 의사를 나타내 보였겠지요. 저로서도 그에게 어떤 제안도 하지 않았고요.

아미요

좋아요, 하지만 궁여지책이지요.

디디에

좋아요, 역시 궁여지책이지요.

당튀

오늘 당신에게 발송한 당튀에게 보내는 제 편지의 마지막 문장을 다시 읽어 보세요. 어쩌면 거기에서 본론으로 들어가는 실마리를 찾으실 겁니다. 만일 그것이 실현 가능하다고 판단하시더라도, 가볍게만 이야기하세요. 거래에 있어서는 언제나 욕구를 자극해야 하고요, 또한 사람들에 좌우되는 것처럼 보여서는 안 됩니다. 당신이 그에게 이번 출판 건(『옷이 벗겨진 벨기에』는 제외하고)에 대해 말하게 될 경우에만 당튀에게 건넬 각서를 동봉합니다.

그런데 말이지만, 당신은 제 메모들에서 본인이 삭제한 것들[3]에 대해 말씀하시네요. 만약 당신이 『옷이 벗겨진 벨기에』의 구상안에서 삭제를 하셨다면, 당튀에게 제공해야 할 것은 원본이어야 합니다.

C. B.

그리고 그 유치한 바보 데샤넬의 강연을 들으러 갈 정도로 당신은 꽤나 어린애 같군요! 그는 여학교 선생이고! 기적을

---

3   그 대표적인 예는 보들레르가 벨기에를 폄훼하는 표현인 "똥 묻은 막대기"이다.

믿지 않고 양식(良識)만을 믿는 민주주의자이며! 왜소한 문학의 완벽한 대표자이자 저속한 것들의 시시한 대중 보급자 등등입니다!

17일인 토요일 어제만 해도 《르 탕》의 드 라 마들렌이 작성한 「시평(時評)」에서 그의 이번 강연은 보기 좋게 다루어지고 있지요. 그에게 주는 충고가 정말로 익살맞고 경쾌한 솜씨로 행해졌던 겁니다.

그리고 프랑스는 시를, 진짜 시를 혐오한다라는 사실을 잊을 정도로 당신은 꽤나 어린애 같아요. 프랑스는 베랑제와 드 뮈세 같은 너절한 자들만을 사랑하고, 누구건 애써 퇴고하면 무정한 사람으로 통하고(게다가 이 말은 제법 논리적인데, 열정이란 언제나 잘못 표현되기 때문이죠.) 마지막으로 심오하지만 복잡하고, 쏩쓸하고 매정하게 악랄한(겉으로는) 시는 영원한 경박함을 위한 다른 모든 시들보다 덜 집필되었다는 사실이 있는데요!

다른 이들보다 더 잘 짐작도 못했던 당신에게 『악의 꽃』이라는 이 잔혹한 책 속에 내 모든 심정과 내 모든 애정과 내 모든 (왜곡된)종교와 내 모든 증오를 담았음을, 그런 당신께 말해야 하나요?[4] 사실 전 이와는 정반대의 의견을 내며, 저의 위대

4   보들레르는 단 한 권의 시집만으로 단번에 현대시의 기원이 되었다. 구상과 구성이 완벽하기에 저주받은 시인으로 낙인찍은 당대의 수용이 "잔혹하기만 했던"『악의

한 신들에게 그것은 원숭이 시늉이나 광대의 곡예 같은 순수예술
서적이라고 맹세할 참입니다. 저는 거침없이 거짓말을 할 겁
니다.

그런데, 아 참! 도대체 팡테지스트 시[5]란 무엇인가요? 저로
서는 결코 짐작조차 할 수 없군요. 저는 데샤넬에게 할 수 있다
면 이 말을 설명해 보라고 요구하는데, 이는 어떤 언론인이나
교수에게 가능하다면 자신이 사용하는 단어들 중 단 하나만이라도
그 의미를 설명해 보라고 요청하는 것과 마찬가지입니다. 그러니
까 팡테지스트 시와 그렇지 않은 시가 존재한다는 것이네요. 예
술가와 시인의 환상 위에, 다시 말해서 만물을 느끼는 자신의
방식 위에 기초하지 않은 그런 시는 과연 무엇이란 말입니까?

감정과 심정 그리고 또 다른 여성적 조악함에 대해서는
"모든 애가(哀歌) 시인들은 어중이떠중이다."라는 르콩트 드
릴의 심오한 언급을 기억하세요.

이만하면 충분하지 않나요? 그리고 제 독설을 용서하세
요. 제가 모욕의 말을 할 수 있는 유일한 친구인 당신을 제게서
빼앗지 마세요! 우리는 똑같은 생각을 하고 있나요? 데샤넬의
강연회에 가시다니!

꽃』에 대한 시인 자신의 정의(定義)가 고스란히 담겨 있어 유명한 대목이다.

5 보들레르의 친구인 시인 테오도르 드 방빌(1823-1891)이 이끄는 시의 유파로,《라
   레뷔 팡테지스트》라는 잡지를 가지고 있었다.

당신이 제게 일러 주신 건강 관리법은 두 달 전부터 채택
하여 실행하고 있습니다.

저를 브뤼셀로부터 벗어나게 해 주려고 당신이 제게 제안
하신 중재안은 지불을 위한 만기일이 표기되어 있는 출판 계
약이라는 보증을 담보하고 있지 않기에 제 기분은 극도로 엉
망입니다. 이 건에 대해서는 다른 날 말씀드릴게요.

그 잘생긴 현학자에 관해 쓴 당신의 몇 줄이 저를 분노케
했던 겁니다. 그러니까 20년 동안 진수를 뽑아내려고《르 시에
클》을 위해 했던 것처럼 제가 자발적으로 어리석음을 키우는
경우는 제외하고는, 일반적으로 실책이 저에게 신경 발작을
일으킨다고 생각해 주세요.

샤토브리앙, 발자크, 스탕달, 메리메, 드 비니, 플로베르,
방빌, 고티에, 르콩트 드 릴을 제외하고 요즘의 모든 불량배들
은 제게 혐오감을 줍니다. 당신이 말하는 아카데미 회원들과
자유주의자들을 혐오합니다. 미덕도 악덕도 혐오하고, 유려한
문체와 진보도 마찬가지입니다. 내용 없이 말하는 자들에 대

해 더 이상은 결코 제게 언급하지 말아 주세요.

모든 것을 당신께 드리며.

C. B.

제게 오는 100프랑⁶은 전달 중이리라고 짐작합니다. 당튀
하고는 신중하세요. 『옷이 벗겨진 벨기에』는 익살맞은 형식이
라면 많은 점에 있어서 상당히 진지한 책이 될 터이고, 외설적
인 이 책의 목적은 사람들이 진보라고 부르는 모든 것, 제가 얼
간이들의 이교(異敎) 문명이라 부르는 모든 것에 대한 조롱이며,
또 신의 통치의 논증이라는 점을 당신은 확실하게 덧붙일 수
도 있겠지요. 이해가 되십니까?

커다란 계약 건에 대해 만약 당신이 당튀에게 속내를 터놓을
까 말까를 판단해야 한다면 가르니에 출판사의 거절에 대해 수긍
할 만한 해명거리를 찾아내야 합니다. 첫 출판사의 거절은 두
번째 출판사의 의욕을 저하시키기 마련인데, 이하 마찬가지로

---

6   시인의 브뤼셀 거처인 그랑 미루아르(큰 거울이라는 뜻) 호텔의 숙박비로 앙셀이 보
    내 준 금액이다.

진행할수록 더욱 누적됩니다.

교섭 방식에 있어서 전 차라리 다음의 체제 쪽으로 기우는 경향이 있어요.

· 판(版) 당 부수를 얼마나 찍는가
· 부당 저자 몫은 얼마인가

등을 다음의 체제보다 더 중시합니다.

· 전체 소유권의 양도, 또는
· 햇수를 정해 놓은 양도

C. B.

1866년 2월 18일 일요일
브뤼셀

42 침묵보다 질책이 좋습니다

오픽 부인께

사랑하는 어머니, 아무리 사소한 것일지언정 저와 관련된 거라면 엄마를 즐겁게 한다는 사실을 알기에 엄마께 그 평론 기사를 보내 드립니다. 이미 오래전에 세 번에 걸쳐 출간된 것입니다. (두 회만 있고요, 첫 번째 것은 제가 받지 못했어요.)[1]

이 젊은이들에게는 분명 재능이 있습니다. 그런데 엄청난 광기도 함께지요! 젊음의 과장됨과 자만심이라니! 몇 해 전부터 저는 여기저기서 저를 겁먹게 하는 모방들과 파벌들이 있음을 간파하고 있었지요. 모방자들이 제 평판에 몹시 해가 된다는 것을 알고 있기에 저는 홀로 있는 것을 극히 좋아한답니

---

1 《라르》에 세 차례(1865년 11월 16일, 11월 30일, 12월 23일)에 나뉘어 실린 폴 베를렌의 「보들레르론」으로, 『악의 꽃』의 시인을 상찬하고 있다.

다. 그러나 그건 불가능하고요, 보들레르 시파가 존재하는 것 같아요.

엄마는 편지에다 제게 괴상한 것들을 많이 써 보내시지만 사랑하는 어머니, 제 경솔한 언행에 대한 엄마의 질책은 제게 위로가 되지 않습니다. 저는 속았었지요. 벨기에에 속았고, 다음엔 르메르에게 속았지요. 그토록 오래전부터 이미 엄마 없이 지냈는데, 그 후에도 제가 예상했던 것보다 2년이나 더 엄마를 빼앗겼던 셈이지요. 이제는 저 홀로 일을 처리하고 어려움을 막아 내야 합니다. 여기에 질책을 보태지 마시고, 엄마도 저를 제 운명에 흔쾌히 내맡기실 수 있어야 합니다.

그러나 아무런 반응이 없는 것보다는 질책받는 것을 여전히 더 좋아합니다. 엄마의 침묵에는 언제나 저를 더 불안하게 만드는 뭔가가 있기 때문이지요. 엄마는 본인의 건강에 대해 제게 어떤 말씀도 안 하시는데, 잘 지내시는 게 맞지요?

저는 보름 동안 『파리의 우울』과 몇몇 소품문에 적극적으로 몰두할 거예요. 이 모든 것이 끝나면(『벨기에』는 제외하고) 저는 파리로 가서 운에 맡겨 볼 참입니다. 물론 저는 불가피하게도 브뤼셀로 되돌아가야 할 거고요. 만일 파리에서 매매 계약에 성공하게 된다면, 제가 벨기에로 돌아간다 할지라도 단지 며칠뿐일 겁니다. 물건을 좀 구입하고 밀린 정산을 한 후 파리로 이사해야 합니다.

그런데도 엄마는 제가 스스로를 잊히게 만들며, 원치도 않으면서 프랑스에서의 모든 인간관계를 끊어 버린다는 사실을 차치하고라도 제가 저처럼 병든 수많은 프랑스인들과 어울리며 몸도 정신도 변질되어 간다고 생각되는, 또 바보들과 적들로 우글거리는 그런 곳에 살면서 즐거움을 느낀다고 믿으시나요? 옹플뢰르에 정착하는 건 언제나 제 가장 소중한 꿈입니다.

생트뵈브가 매우 아팠다는 사실을 알게 됐어요. 그는 편지로 자신이 건강하다는 소식을 보내왔습니다. 고령인 그의 나이 때문에 위험이 가중된다고 이구동성으로 우려했는데도 예전에 의대생이었던 그는 고통스러운 수술을 받겠다고 마음먹지 않았겠어요? 어쨌든 수술은 잘 되었어요.

며칠 전부터 저는 아침에 포도주를 마시지 않고, 영국식으로 차가운 고기와 홍차를 먹습니다. 큰 이점은 즉시 일을 시작해서 오랫동안 계속할 수 있다는 겁니다. 그런데 홍차가 주는 작은 취기가 제게 약간의 울혈을 일으키는데, 아이스크림을 먹을 때 가끔 머리에서 느껴지는 것과 비슷하지요. 지금 제가 극도로 두려워하는 것은 머리와 관련된 모든 질병들입니다. 그 레크리뱅 씨(파리로 르메르를 보러 갔다가 이곳으로 되돌아온)는 신경통, 성 잘 내는 증상, 식은땀이 재발했습니다. 이 사람 힘은 장사이지만, 제가 겪은 것에 비교하면 몸 상태는 더 나쁘답니다.

엄마께 입맞춤을 보냅니다.

C. B.

이미 오래전부터 저는 앙셀에게서 소식 한 자 못 받고 있
어요. 만일 제가 그의 기분을 상하게 했다면, 그것은 신중치 못
해서가 아닙니다. 파리에서 그를 만나 볼게요.

1866년 3월 5일 월요일

브뤼셀

43 긴 작업의 열매

오픽 부인께

사랑하는 어머니, 월요일에 전달한 답장이 엄마께는 화요일 저녁에 도착했군요. 수요일, 목요일 그리고 오늘 금요일, 3일 동안 엄마는 제게 소식을 주실 수도 있었을 텐데요. 만약에 그렇게 하지 않았다면 그건 제가 저 자신만 신경 쓴다고 여기시기 때문이었을 겁니다. 엄마는 반드시 제게 소식을 알려 주셔야 합니다.

앙셀에게서 편지 한 통을 받았는데, 곧 올 거라네요. 쓸데없는 일이며, 적어도 그의 방문이 너무 이릅니다.

첫째로, 저는 움직일 상태가 아니며

둘째로, 제게는 빚이 있고

셋째로, 저는 현지의 여섯 개 도시를 방문해야 하기에 보름이 걸립니다. 긴 작업의 열매를 잃고 싶지 않아요.

제게는 앙셀이 엄마의 마음에 들고 엄마의 뜻에 따르는 것을 특히 중시한다고 느껴집니다. 바로 그 때문에 제가 엄마께 편지를 드리는 거고요. 게다가 저는 가능한 빨리 돌아갈 마음의 준비도 되어 있습니다.

엄마에 관해서 제게 길고 자세하게 써 보내 주세요. 온 마음으로 엄마께 입맞춤을 보냅니다.

샤를.

1866년 3월 30일 금요일[1]
브뤼셀

---

1   반신불수를 동반하는 중풍 발작이 이날 밤(3월 30일-3월 31일 사이)에 발생하였다. 이후 모친에 의해 파리로 이송된 시인은 1867년 8월 31일 고단한 삶을 마감한다.

샤를 오귀스탱 생트뵈브(1804-1869년)
19세기 프랑스의 비평가이자 시인이자 작가. 초기에는 시집과
소설 작품을 출간했으나 그 후 비평에 전념했다. 보들레르는
청년 시절부터 생트뵈브를 존경했으며, 그의 소설 『관능』을
높이 평가한 바 있다. 1844년에는 아카데미 회원, 1865년에는
상원 의원을 역임했다. (관련 서간: 19, 33, 40번)

외제니 황후(1826-1920년)
프랑스의 마지막 황후. 스페인 귀족 출신으로 나폴레옹 3세와
결혼하였다. 유럽 왕실과 사교계의 유행을 주도했을 뿐만 아니라
보불전쟁 시에는 섭정을 맡아 정치적으로 전면에 나서기도 했다.
보들레르가 『악의 꽃』에 대한 선처를 구하는 편지를 보냈으며,
덕분에 벌금형은 50프랑에 그칠 수 있었다.(관련 서간: 22번)

펠릭스 나다르(1820-1910년)
본명이 가스파르 펠릭스 투르나숑인 19세기 프랑스의 사진가.
나다르는 사진가로 유명해진 예명이다. 보들레르를 비롯하여
작가, 정치인, 화가, 조각가, 음악가 등의 초상 사진을
예술적으로 찍었다.보들레르가 경제적 문제로 의탁할 곳이
없을 때 도움을 주기도 했다.(관련 서간: 24, 25번)

귀스타브 플로베르(1821-1880년)
프랑스 사실주의 소설의 대가. 사바티에 부인의 살롱에 참석하는
예술가 중 하나였으며, 보들레르가 존경해 온 작가이기도 하다.
플로베르를 최고의 작가 반열에 올려 준 『보바리 부인』은 음란성과
부도덕성을 이유로 재판에 회부되었지만, 무죄 판결을 받았다.
이는 외설 혐의로 결국 시 6편이 삭제된 『악의 꽃』과는 대비되는
결과였다.(관련 서간: 28, 34번)

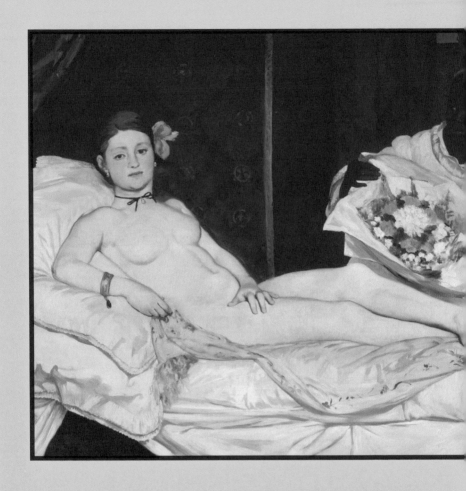

에두아르 마네(1832-1883년)

인상주의 화가의 아버지라고 불리는 19세기 프랑스 화가.

「풀밭 위의 점심」, 「올랭피아」(위 그림) 등 세간의 주목을 끄는 작품을
여럿 발표했다. 벨라스케스, 고야, 엘 그레코를 모방했다는 구설수에 오르기도 했지만,
보들레르는 마네를 적극적으로 옹호했다. 1862년에는 보들레르의 연인 잔 뒤발의
초상화를 그렸으며, 「튈르리 정원의 음악회」에는 마네 가족과 보들레르 등
친구들이 나란히 그려져 있다. 보들레르의 장례식에 다녀와 「장례식」을 그리기도 했다.

(관련 서간: 39번)

「튈르리 정원의 음악회」
그림의 맨 왼쪽에 서 있는 화가 자신과 왼쪽의 굵은 나무를 등지고 선 수염 많은 시인
고티에, 그의 왼쪽에서 오른쪽을 보며 대화 중인 실크해트를 쓴 보들레르의 모습이 보인다.

쥐디트 고티에(1845-1917년)
보들레르가 "친구이자 스승"이라 칭하며 『악의 꽃』을 헌정한
테오필 고티에(1811-1872)의 장녀, 빅토르 위고, 귀스타브 플로베르,
샤를 보들레르 등과 교류하였다. 다양한 작품이 있으나 인기를
끌었던 것은 보들레르가 사망하던 1867년 출간된 시집
『비취의 서(書)』다. 아시아에 관심이 많았던 그녀가 당시(唐詩)의
번안과 자신의 창작시를 한데 모은 것이다. 1910년에 아카데미
공쿠르에 들어간 첫 번째 여성 문인이다. (관련 서간: 37번)

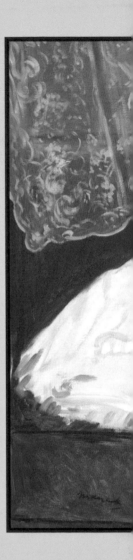

잔 뒤발(1827년경-1878년경)
아이티 태생의 무용수이자 배우로, 20년간 보들레르의 뮤즈였다.
잔은 보들레르가 어머니 다음으로 사랑했던 여성이라고 알려져 있으며
사바티에 부인과 더불어 『악의 꽃』에 영감을 주었다. 보들레르는
흑백 혼혈의 이국적인 매력을 지닌 그녀를 '검은 비너스'라고 부르며
욕망과 연민의 대상으로 삼았다. (관련 시간: 10, 26번)

아폴로니 사바티에(1822-1890년)
흔히 '사바티에 부인'이라고 불린다. 당대 화가와 조각가, 문인들의
사랑을 한 몸에 받았으며 「뱀에 물린 여인」의 모델이기도 하다. 사바티에가
운영하던 살롱은 늘 예술가들로 북적였으며, 보들레르 역시 살롱의 단골이
었다. 보들레르는 사바티에 부인에게 익명으로 수차례 편지를 보냈는데,
그중 「너무도 명랑한 그녀에게」, 「고해」를 포함한 아홉 편이 『악의 꽃』에서
'사바티에 부인 군(群)'으로 분류된다. (관련 서간: 12, 14, 15, 16, 20, 21번)

프란시스코 고야의 「옷 벗은 마하」(1800년)와 「옷 입은 마하」(1803년).
고야의 연인이었던 알바 공작부인을 모델로 한 그림이라고
전해져 내려 오지만, 사실 여부는 확인되지 않았다.

보들레르 연보

1821년	4월 9일 파리에서 샤를 보들레르 출생.
1827년	2월 10일 부친 사망.
1828년	11월 8일 오픽 소령과 모친 재혼.
1831~1839년	의부의 부임지를 따라 리옹에 이어 파리의 루이대왕중등학교에서 수학. 대학 입학 자격 시험 합격.
1840년	네르발, 발자크 등의 문인들과 교류 시작.
1841~1842년	방탕한 생활로부터 보들레르를 떼어 놓으려는 의부의 주선으로 모리스섬과 부르봉섬을 여행함.
1842년	시인 고티에와 방빌과 만남. 잔 뒤발과 교제.
1843년	피모당 호텔에 거처를 정함. 낭비벽으로 빚을 지기 시작.
1844년	모친의 요구로 보들레르에게 법정후견인이 지정됨.
1845년	6월 30일 자살 시도.
1845~1846년	해마다 『미전 평론』을 출간.

1846년	4월 15일 신문《레스프리 퓌블리크》에 에세이 「문학 청년들에게 주는 충고」 게재.
1847년	단편소설『라 팡파를로』발표.
1848년	2월 혁명과 6월의 노동자 봉기에 가담. 잔 뒤발 문제로 모친과 불화.
1851~1852년	정치 사상가 조제프 드 메스트르와 미국 시인 에드거 앨런 포 발견. 사바티에 부인에게 익명의 편지를 보내기 시작.
1853~1856년	빈곤한 시기. 사바티에 부인에게 계속 편지를 보냄. 일간지《르 페이》에 에드거 앨런 포 작품 번역을 연재. 에세이 「웃음의 본질」 발표.
1855년	6월 1일 월간《되 몽드》는 보들레르의 시 18편을 「악의 꽃」이라는 제목으로 게재.
1857년	의부 사망. 6월 25일『악의 꽃』발매. 7월 16일 시집 압류. 8월 18일 사바티에 부인에게 자신을 밝힘. 8월 20일 법원은 보들레르와 출판사에게 벌금형을 선고하고 6개 시편의 삭제를 명령. 8월 31일 사바티에 부인과의 교제 파경.
1858년	처음으로 지병에 의한 심각한 발작이 일어남. 파리에서 일정한 거처 없이 잔 뒤발 집에 기거. 옹플뢰르에 있는 모친 곁에서 함께 살 것

	을 고려.
1859~1860년	파리 근교 뇌이의 작은 아파트에 세를 얻어 중 풍에 걸린 잔 뒤발과 동거.『인공 낙원』출판.
1861년	질병의 새로운 증상이 나타남.『악의 꽃』재 판 출간. 잡지《라 레뷰 외로페엔》에 음악 평 론「리하르트 바그너와 탄호이저」기고. 아카 데미에 입후보.
1862년	잠복하고 있던 병의 특이한 징후가 나타남. 아카데미 후보 사퇴. 이복형이 반신불수를 수 반한 뇌출혈로 사망. 산문시집『파리의 우울』 에 실릴 시편들을 발표하기 시작.
1863년	화가 들라크루아가 사망하자 일간지《오피니 옹 나시오날》에 추모 평론 기고. 풍속화가 콩 스탕탱 기에 관해 연구.
1864~1865년	벨기에로 여행. 그곳에서 일련의 강연 실패 로 노여움과 곤궁함이 극에 달함. 산문집『불 쌍한 벨기에여!』집필. 얼마간의 돈을 구하기 위해 파리와 옹플뢰르에 단기간 체류 후 브뤼 셀로 되돌아감. 자신에게 열광하는 말라르메 와 베를렌의 기사를 접하고, "이 젊은이들은 나를 몹시 부섭게 한다."라고 함.

1866년	현기증과 구토가 일어남. 3월 6일 우측 반신 마비. 브뤼셀에서 입원 중 7월 모친에 의해 파리로 이송.
1867년	8월 31일 오전 11시 영면.

작품 해설
스스로 희생양이 된 시인의 심리적 자서전(이건수)

외젠 크레페와 자크 크레페 부자의 뒤를 이어 보들레르 연
구의 기틀을 이어받은 클로드 피슈아는 『보들레르 전집』1, 2권
(1974년과 1977년)을 출판하기에 앞서 두 권으로 이루어진 『보
들레르 서간집』을 1973년에 간행했다. 이는 보들레르 작품 세
계의 실마리를 그의 개성과 일상, 기질과 환경, 교양 및 식견,
특히 그를 둘러싸고 있으며 그가 맺어 온 인간 관계망에서 찾고
자 한 것으로 여겨진다. 이제야 『보들레르 서간집』은 『보들레
르 전집』의 보완물이 아니라 단초로 보이게 되는데, 서간을 통
해서 명작 시편들의 배후에 도사리고 있는 보들레르의 정신적
인간상은 물론 창작 과정의 남다른 형편마저 포착할 수 있기 때
문이다. 샤를 보들레르라는 한 사람에서 불세출의 시인으로의

정신생리학적 완만한 이행을 그의 편지들을 통해 따라가 보자.

피슈아의 플레이아드판『보들레르 서간집』에는 중학생 시절인 1832년 1월부터 와병 전후인 1866년 3월까지 280여 명의 사람들에게 보낸 1,420통의 편지들이 모아져 있다. 인간 교류의 방편이 오로지 우편뿐이던 19세기 중엽 시대상에 비추어 볼 때, 보들레르가 써서 보낸 편지 통수는 그의 교우 관계의 의미 있는 지표임에 틀림없다. 이 서간집에서 보들레르의 편지를 스무 통 이상 받은 중요한 수취인으로는 시인의 모친인 오픽 부인(301통),『악의 꽃』의 발행인이자 친구인 오귀스트 풀레 말라시스(193통), 시인의 법정후견인 나르시스 앙셀(73통), 이복형 알퐁스 보들레르(39통), 프랑스 평단의 거장 생트뵈브(23통), 그리고 보들레르의 연인으로 시에 영감을 주던 사바티에 부인(22통)이 있다. 한평생 빈번했던 서신 교류를 통해 급전과 애정을 구하고, 정보와 편의를 얻으려 한 보들레르의 주변인 관계도는 다음과 같다.

모친 오픽 부인

이복형 알퐁스   법정후견인 앙셀

비평계 거장 생트뵈브   친구 겸 출판인 풀레 말라시스

연인 사바티에 부인

샤를 보들레르의 관계도

이들 6인방에 둘러싸여 쉼 없이 편지를 주고받으며 일상을 영위하고 창작열을 불태웠던 보들레르. 왼쪽의 육각형은 가족 관계를 보여 주고 있는데, 그 정점은 역시 모친이었다. 프랑스혁명기에 영국으로 망명한 귀족 장교의 딸인 카롤린 뒤파이(1793~1871)는 일찌감치 부모를 여의고 7세 때 부유한 변호사 피에르 페리뇽의 양녀가 되었다. 페리뇽의 친구로 그 집에 드나들던 프랑수아 보들레르(1759~1827)는 상처한 후 34살의 나이 차에도 불구하고 그녀와 재혼하여 1821년 봄에 아들 샤를을 낳았다. 1827년 남편 프랑수아가 사망하자 이듬해 일곱 살배기 아이가 딸린 미망인 카롤린은 네 살 연상인 장교 자크 오픽(1789~1857)과 결혼하여 오픽 부인이 되었다. 1861년 5월 6일 자 편지(29번 서간)에서 모자간의 살뜰한 정을 이야기 하는 대목은 부친의 사망과 모친의 재혼 사이에 있었던, 엄마를 독차지했던 시절을 환기하는 것이다.

장군, 대사, 상원 의원을 거치며 승승장구했던 의부의 사망 후 모친은 파리를 떠나 노르망디의 아름다운 소항 옹플뢰르에 자리를 잡았다. 카롤린 오픽은 아들의 위대한 시 세계를 짐작하고는 있었지만 전통적인 19세기 부르주아 계층의 현실적 가치관에서 시인에 대한 편견 어린 비판을 이어 갔다. 돈이 없다고 늘 징징대는 아들의 평생 물주였던 그녀는 아들보다 4년을 더 살았으며, 지금은 두 번째 남편과 외아들과 함께 파리의 몽파르나스 묘지에 묻혀 있다.

16세 연상의 이복형 알퐁스 보들레르(1805~1862)는 부친 프랑수아의 첫 결혼 소생으로, 1825년 변호사 시험에 합격한 이후 평생 파리 인근 퐁텐블로 지방법원의 판사로 근무하였다. 이 두 이복형제의 관계는 샤를의 리옹중등학교 시절 편지들이 보여 주듯 더할 나위 없이 다정했다. 그러나 1842년 시인이 성년이 되고 상속받은 친부의 유산을 과도하게 사용(1년 반 만에 물려받은 10만 프랑 중에서 4만 5,000프랑을 탕진함.)한 것이 발단이 되어 이복형이 오픽 장군과 함께 가족회의에서 샤를의 인도양 여행과 법정후견인 선정에 엄격한 입장을 취한 다음부터 소원해졌다. 알퐁스는 샤를보다 더 큰 체격에 행동도 혈기 넘쳤지만, 동생과 마찬가지로 뇌졸중에 걸려 1862년에 반신불수로 사망했다.

가족회의 결과를 받아들인 재판소는 1844년 9월 21일 나르시스 앙셀(1801~1888)을 보들레르의 법정후견인으로 임명하였다. 그는 부친 프랑수아 때부터 보들레르 가(家)의 단골 공증인이었다. 변변한 수입 없이 친부의 유산에서 매달 지급되는 200프랑으로 살아야 했으니 낭비벽이 심한 보들레르는 언제나 곤궁한 상태로 지냈다. 앙셀은 모친의 사전 동의 없이 어떤 가불도 허용하지 않았기에, 보들레르는 그를 불운의 상징으로 여겼다. 일명 '자살 편지'로 알려져 있는 1845년 6월

30일 자 편지(10번 서간)는 자신의 사후 수습을 앙셀에게 맡기는 유서 형식을 띠고 있다. 그의 간섭과 충고들을 못 견뎌하며 박해자라 여기고 분노하지만, 말년에 시인은 사려 깊고 헌신적인 그를 친구로 받아들였다.

벨기에 망명 시기인 1864년부터는 앙셀에게 출판 대리인의 역할을 맡기기도 했다. 보들레르가 중풍 발작을 일으켜 반신불수가 되었다는 소식에 브뤼셀로 달려와 보호자로서 요양원에 입원시킨 것도 앙셀이다. 1851년 파리 인근 도시 뇌이의 시장에 당선된 그에 대한 오픽 부인의 신임은 대단해서, 보들레르 사후 작품 경매는 물론 오픽 부인 자신의 유언 집행도 그에게 맡겼다. 첫 남편의 며느리인 펠리시테 보들레르(알퐁스의 부인)와 함께 오픽 부인의 주요 상속인이 된 앙셀. 그의 가문이 몽파르나스 오픽 가 묘소를 지금도 관리하고 있으니 앙셀은 죽어서도 보들레르를 돌보고 있는 셈이다.

보들레르 관계도의 하단은 당시 문단이나 사회의 면면을 잘 보여 주는 인물들로 구성되어 있다. 그의 친구이자 출판인인 오귀스트 풀레 말라시스(1825~1878)는 1857년『악의 꽃』소송 결과 시인과 함께 유죄 판결을 받아 벌금형에 처해졌다. 계속되는 출판사 재정 악화에 따른 부채로 1863년 1개월의 징역형을 살고 난 후 풀레 말라시스는 벨기에로 건너갔다. 사회주의자인 그는 나폴레옹 3세의 제정에 반대하는 소책자들은 물론 보들레르의『표류물』같은 외설적인 작품들을 현지에서 출간했다. 1864년 절친했던 보들레르와 브뤼셀에서 만났을 때는 분쟁이 있었다. 시인은 자신의 대표작들인『악의 꽃』과『파리의 우울』을 풀레 말라시스에 이어서 에첼 출판사와 이중 계약을 했던 것이다. 1865년 7월 보들레르는 풀레 말라시스에게 돌려줄 3,000프랑을 구하러 급거 파리와 모친이 있는 옹플뢰르로 여행을 해야만 했다. 그러나 브뤼셀에서 보들레르가 반신불수가 된 때, 그를 돌봐준 사람은 풀레 말라시스였다. 보들레르의 귀국과 사망 이후에도 벨기에에 머물렀던 그는 1869년 사면령으로 귀국하였고, 귀국 이후에는 서지학 출판에 전념했다.

보들레르가 자신의 옹호자이며 삼촌이라고 부른 샤를 오귀스탱 생트뵈브(1804~1869)는 시집『조제프 들로름의 생애, 시 그리고 사상』(1829년)과 소설『관능』(1834년)의 저자이다. 비록 이 두 작품은 실패했지만, 청소년기의 보들레르에게 미친 영향은 지대해서 시인은 언제나 그를 존경하는 마음을 간직하고 있었다. 1844년 아카데미 회원에 피선된 생트뵈브는 한창 아카데미 프랑세즈에 도전하던 보들레르가 1862년 1월 24일경에 그에게 보낸 편지(33번 서간)에서 언급한「아카데미의 선거들」이라는 기사를 써서 주의를 환기한 비평계의 거목이었다. 보들레르가 그에게 문학적인 친족 관계를 느끼며 의지할 때, 생트뵈브는 시인과 신중하게 거리를 두었다. 1865년부터 사망할 때까지 그는 제2제정의 상원 의원이었다.

끝으로 아폴로니 아글라에 사바티에(1822~1890)는 도지사와 품팔이 세탁부 사이에서 태어났는데, 어머니가 하사관 사바티에와 결혼할 때 그의 여식으로 인정받았다. 피아노와 노래를 익힌 아글라에는 예술가들 사이에서 생계를 이어 갈 무렵에 만난 영국 의원 리처드 월라스 준남작, 그녀를 모델로 한 오르세미술관 전시작 「뱀에 물린 여인」의 조각가 클레쟁제를 거쳐 벨기에의 부호 사업가인 알프레드 모셀망의 정부가 된다. 그가 1847년 프로쇼가(街) 4번지에 살림을 차려 주자 사바티에 부인은 일요일 저녁마다 살롱을 열고 '여자 의장'이 되어 당대 모든 분야의 예술가와 문인들을 초대했다.

이 살롱에 출입하던 보들레르는 1852년부터 3년간 그녀에게 익명으로 편지들과 시편들을 보냈다. 하지만 1857년 8월 18일 자 편지(20번 서간)에서 보다시피 그녀는 이미 모든 사실을 간파하고 있었다. 『악의 꽃』 소송을 당한 보들레르가 도움을 요청하기 위해서 자신의 정체를 드러낸 이 편지를 받고, 사바티에 부인은 주프랑스 벨기에 대사의 처남인 모셀망의 인맥을 동원하는 등 동분서주하지만 소송 이틀 전이라 손쓸 도리가 없었다. 이어지는 1857년 8월 31일자 편지(21번 서간)에서 시인은 잠자리를 같이한 사바티에 부인에게 "며칠 전에 그대는 여신이었는데, 이제 그대는 여인이군요."라며 결별을 고하고 만다. 1860년 모셸망이 떠난 후 그녀는 뇌이에 정착하였다. 그녀가 보관하고 있던 보들레르의 편지들을 풀레 말라시스가 베껴 쓸 수 있었다.

이렇게 편지광 보들레르를 에워싸고 있던 관계도의 각 면을 이룬 인물들은 보호막이 되어 시인을 감싸 주기도 하고 벽이 되어 시인을 질식시키려는 듯 옥죄기도 하는, 애증의 이중성을 지니고 있었다. 아무튼 이 여섯에 둘러싸여 보들레르는 왕정복고 시대(1815~1830)에 태어나 루이 필리프의 7월왕정(1830~1848), 루이 나폴레옹 보나파르트의 제2공화정(1848~1851)과 제2제정(1852~1870)이라는 혁명과 제국을 겪어 내며 격동의 역사 한가운데를 관통한 것이다. 그의 한 손에는 불멸의 시집 『악의 꽃』이, 다른 쪽 손에는 어디론가 보내는 편지가 들려 있었다.

이제 남은 문제는 수많은 편지들 중에서 어떤 것을 가려 뽑을 것인가였다. 이를 위해 전 세계 보들레리앙들의 도움을 받았다. 1973년 클로드 피슈아의 『보들레르 서간집』 플레이아드판에 실린 1,420통 중에서 보들레르라는 사람과 문학, 그리고 그의 시대를 대표하는 서간들을 선별하기 위해서 내가 참고한 책은 세 권이다. 첫 번째는 호주 출신으로 케임브리지대학에서 학위를 받은 후 인디애나대학 교수를 지낸 로즈메리 로이드가 번역한 『샤를 보들레르 서간 선집』이다. '고독의 정복'이라는 부제가 붙어 있는 영역본으로 1986년 간행되었으며, 196통의 편지를 담고 있다. 두 번째는 도쿄대학 교수를 역임한 아베 요시오가 1999년에 출간한『보들레르비평 4: 아포리즘, 서간 초(抄)』이다. 이 일역본에는 편지 65통에 뽑혀 있다. 마지막으로는 피슈아의 플레이아드 판을 대중 보급용으로 만든 폴리오 클래식판으로, 2000년에 피슈아 본인이 192통의 서찰을 직접 선정한 것이다. 영어, 일어, 프랑스어로 된 보들레르 서간 선집들을 대조해 보니 1,420통의 편지 중 세 권 모두에 공통적으로 수록되어 있는 서간은 총 31개에 불과했다. 이것들은 소중하여 하나의 누락 없이 모두 번역하였다. 여기에 45년차 보들레리앙인 내가 판단하기에 보들레르 이해에 있어 빼놓을 수 없는 열두 편(1, 2, 4, 9, 21, 23, 26, 30, 32, 41, 42, 43번 서간)을 더한 것이 민음사판『우울의 고백: 보들레르 서간집』의 선발 기준이다.

보들레르 서간집『우울의 고백』의 성격은 한가한 주인공 스스로가 희생양이 되는 박해 이야기를 다룬 정신적 자서전이다. 법정후견인 설정,『악의 꽃』소송, 아카데미 프랑세즈 입후보 사퇴, 벨기에 망명 등 우울한 실패의 에피소드들이 연속으로 일어난다. 항상 돈이 부족한 불안정한 일상 여건과 언제나 시를 쓸 시간이 없는 창작자로서의 근심스러운 입지 사이에서, 그는 매순간 어렵사리 자신을 추슬러야 했다. 온통 합심한 듯 그를 망하게 하고 모욕하려는 세상에 맞선 보들레르. 그의 치열한 작품이 본인의 내밀한 삶과 혼란스레 뒤섞일수록 그의 성찰적인 편지들은 한층 더 자신이 작가 겸 연출자이며 동시에 주연으로 등장하는 고백극으로 읽힌다.

『우울의 고백』은 그의 글들 중 가장 실존적인 작품으로, 호기심과 의심 많은 천재의 심리적 박물지다. 질병에서 오는 다양한 신체적 고통, 빚쟁이들을 피하기 위한 잦은 거처 이동, 작품을 완성하지 못한 채 죽을지도 모른다는 막연한 불안감, 되풀이되는 자살의 유혹 등이 고스란히 담겨 있는 이 43통의 서간을 통해 보들레르의 신산(辛酸)한 삶을 엿보며 그의 긴장감 높은 작품 세계로 독자들이 예사롭게 입문하기를 바랄 뿐이다. "멋있게라면 무엇이든 표현하려 한다."라고 한 보들레르의 말이 비단 시 작품에만 적용되는 것은 아닐진저.

「보들레르 일화집」
자유롭고 확신에 차 있던 천재(샤를 아슬리노)

보들레르에 대해서는 이미 그의 전기를 펴낸 바 있지만 아직도 할 말이 꽤나 많이 남아 있는 것 같다. 그의 사망 후 곧 바로 보들레르 전기를 집필하면서 굳이 그의 숨겨진 일화들을 다루지 않았던 까닭은 엉터리 언론에 가십거리를 주고 싶지 않았기 때문이었다. 그만큼 나는 세평(世評)이 존경심을 가지고 진중하게 보들레르를 다뤄 주길 원했다. 그래서 내가 쓴 전기는 오롯이 그의 천재적 정신에 중점을 두었다. 그러나 내가 간직하고 있는 친근한 추억들 중에는 보들레르를 판단하는 데 도움이 되는 것들이 분명히 있을 것이다. 그 일화들을 이번 기회에 모아서 전기의 순서대로 정리해 보는 것은 분명 의미 있는 작업이라 생각한다.

내가 처음 보들레르를 만난 것은 1845년 전시회가 열리고 있던 루브르에서였다. 동석했던 화가 에밀 드루아가 우리를 서로에게 소개해 주었다. 마침 그나 나나 전시평을 쓰고 있었기에 함께 전시장을 돌며 관람을 했다. 그날도 역시 그는 검은색 양복을 제대로 차려입고 있었다. 긴 조끼에 연미복 그리고 좁다란 바지통. 그 위에 스웨이드 직조의 외투를 걸치고 있었다. 루브르를 나설 때 그는 인근 카루셀가(街)의 주점에서 전시평 메모를 정리하자며 나를 이끌었다. 들어간 곳은 귀족의 마차를 모는 제복을 차려입은 마부들과 뜨내기 노동자들로 시끌벅적했다. 보들레르는 백포도주와 비스킷, 그리고 파이프 담배를 주문했다. 그는 나를 곁눈질로 계속 살펴보고 있었다. 이렇게 어수선한 선술집에서 글을 쓰자는 자신의 남 놀려 주기 게임에 내가 어떻게 반응하는가를 확인하려던 것이다. 물론 나는 전혀 당황한 내색을 하지 않았다. 그런데 다음 날 그는 친구 나다르에게 자신이 나를 몹시 화나게 했노라고 자랑을 늘어놓았다고 한다.

이튿날에도 우리는 전시장에서 다시 마주쳤다. 드루아는 동석하지 않았다. 관람이 끝나고 우리는 랑블렝 카페에 갔고, 여전히 백포도주와 비스킷을 먹었다. 이번에는 집에서 일해야겠다며 보들레르는 내게 자기 집 주소를 건네주고 자리를 떴다. 이때 우리 둘 사이에 약간의 호감이 생긴 것 같다.

1845년 같은 해 여름, 어느 날 밤 오데옹 극장 공연 막간에 우리는 타부레이 카페에서 재회했다. 그는 극도로 멋을 부린 예의범절로, 자신이 마시고 있는 같은 술 한 잔을 내게 대접하는 영광을 허락해 주겠느냐 물어 왔다. 이런 식의 과한 예절 격식은 사실 문단 친구들 사이에서는 상대를 경악하게 하는 놀려 주기 게임의 수법이었던 것이다. 카페를 나설 때 우리는 상점에 들어가 백포도주를 산 다음 마차를 집어 타고, 생루이섬의 앙주 둑길 17번지에 있는 그의 피모당 저택으로 갔다. 마차로 가는 도중에 보들레르가 말했다. "내가 이런 고급스러운 동네에 산다는 것에 놀랐지요?" "천만의 말씀! 당신에게 잘 어울리는 곳인데요."라고 받아쳤다. 그의 거처는 3층 꼭대기였고, 뒤쪽으로 난 하인용 계단을 통해 올라가야만 했다. 앞서서 계단을 오르던 보들레르는 층마다 뒤돌아보며 심문하듯 물었다. "하인용 계단이라 놀라셨나……."

　　그러고서 1846년과 1849년 사이에는 그를 거의 보지 못했다. 1850년경 어떤 기사에서 내가 보들레르를 좋게 언급하자, 그는 어느 날 밤 내가 참석도 하지 않은 르펠르티에 씨의 회합에 나를 찾으러 왔다고 한다. 이 때문에 나는 꽤나 우쭐댔다. 그가 내 주소를 얻어 내 며칠 후 나의 집을 찾아왔다. 이때부터 우리 사이의 우정이 시작되었던 것 같다.

　　당시 나는 매우 궁핍했다. 사부아가(街)에 살던 나는 빚투

성이가 되어 가구도 모두 팔아 버린 채 본가로 돌아갔다. 어머니 집 5층의 끔찍하게 작은 방은 하인이나 일꾼을 위한 것으로, 납으로 된 배관들이 보였다. 보들레르는 이 방에 자주 드나들다가 나중에는 거의 매일 왔다. 그 역시 무일푼이었다. 당시 그가 어디에 기거했는지 나는 모른다. 몽마르트르 쪽 변두리에서 옷을 대충 입고 모자도 쓰지 않은 행색의 그를 보았다는 소리를 듣곤 했다. 어느 날 밤 나도 그를 콜론가(街)에서 마주쳤는데, 보들레르는 파이프 담배를 문 채 허름한 상의를 걸치고 있었다. 이때 그는 남들 앞에서 빨간 넥타이를 즐겨 매며 멋을 내던 시기였는데 말이다.

아침나절 그가 내 집에 도착하면, 언제나 첫 질문은 "자네 돈 좀 있나?"였다. 대게 부정적인 답이 나왔고 그러면 보들레르는 결심한 듯 "벽장을 봅시다!"라고 했다. 내 벽장은 깊이를 알 수 없는 우물 같았다고나 할까. 나는 파산한 사람 특유의 무심함으로 몇 차례 압류를 모면했던 물건들을 전부 이곳에 던져 넣었던 것이다. 책, 팸플릿, 판화, 악보집, 서류 등등. 뒤져봐야 소용없을 것 같지만, 가끔씩 무언가가 걸려들곤 했다. 저녁마다 바닥을 비웠다고 생각했는데 밤 사이 포도주를 다시 만들어 내는 큰 술통과 같았다. 극도로 곤궁했던 어느 날, 보들레르는 헌책 상인에게 내 벽장 안의 책과 악보, 친구들의 친필 증정본들까지 헐값 20프랑에 팔아넘겼다. 상인도 어이없어 웃었다. 그에게는 상인으로서의 도리가 있었기 때문이었다.

바로 이 시기의 추억들은 내게 구름처럼 밀려오고, 일화들도 넘쳐난다. 보들레르는 생활 습관에 있어서도 가장 제멋대로인 인물이었다. 시간관념도 생활 규칙도 없던 그는 사람들이 자기와는 다르게 살 수 있다는 것을 납득하지 못했다. 내가 식탁을 물릴 정오에 집에 들이닥쳐서는, 오후 3시에 저녁 식사를 하자고 떼를 쓰곤 했다. 배가 고프지 않으니 식사를 할 수 없다고 하면 날카로운 시선으로 내 눈을 쏘아보며 물었다. "정 그렇다면 자네는 언제 배고플 건가? 반 시간 후면 어떤가?" "아니." "한 시간 후면 되겠지?" "전혀! 난 정오에 식사를 마쳤네. 게다가 점심에 고기를 먹었지. 그러니 저녁 식사는 6시나 6시 반에 하기를 원해, 남들처럼 말이지!" "남들처럼이라고! 그러니까 자네는 자신의 위장을 남의 시계에 맞춘다는 것이야?" 보들레르에게 중요한 것은 남들이 즉시 자신의 뜻을 따르도록 만드는 것이었다.

그가 즐겼던 또 다른 취미 생활 중 하나는 카바레 주인이나 식당 종업원들과 언쟁하는 것이었다. 심문하듯 퍼부어 대는 질문은 그들을 진력나게 했다. 한 치의 양보도 없이 몰아붙이니, 끝까지 몰린 그들이 도리어 싸움을 걸어 올 정도였다. "주인장, 요리를 기름으로 하오? 아니면 버터로 하오? 버터는 신선하답니까? 물 섞지 않은 포도주는 없나요?" 보다 못한 내가 끼어들었다. "자네는 버터는 절었고, 포도주에 물을 섞었다는 대답을 원하나?" 그러나 이런 설득에도 그는 개의치 않았다. 변변찮은 음식이라고 말다툼을 벌였지만 막상 식당을 나올 때 그는 "저녁 식사가 그리 나쁘지 않네."라고 평가했던 것이다.

또, 그는 자신만의 경제관념을 강요하는 성격의 소유자였다. 우리 두 사람 통틀어 4프랑밖에 없던 날, 그는 고급 레스토랑에서 완벽하게 저녁 식사를 할 수 있을 뿐 아니라 1프랑을 남길 수도 있음을 증명해 보이겠다고 했다. 그날 우리는 3프랑이나 하는 배 하나를 디저트로 먹었고, 그게 식사의 전부였다. 내가 자주 언급했던 그 유명한 손수건 이야기도 일례이다. 내가 코감기에 걸려 있던 어느 날, 우리는 오후 5시경에 산책을 하고 있었는데 갑자기 그가 저녁 먹기를 원했다. 시간이 너무 일렀지만 내 집에 가서 먼저 손수건을 바꾼다는 조건으로 동의해 주었다. "그러면 식사를 마치고 나와서, 자네 집에 가세나……." "안 돼, 이 손수건은 더 이상 쓸 수가 없어 불편해. 집에 들렀다 갑시다." "그런데…… 자네 손수건이 더러울지라도 저녁 식사하는 동안만은 더 사용할 수 있지." "천만의 말씀! 그럴 수 없네. 내 말대로 하세." 보들레르가 또 고집을 부렸다. "그런데…… 우리가 얼마 동안 식사를 할까? 대략 45분간? 이 시간 동안 자네는 몇 번이나 코를 풀고 싶을까? 두 번? 세 번? 흠! 자네의 손수건에 코 풀 두세 군데가 없단 말인가? 당치 않아.""너무하는구먼!""내게 손수건을 보여 주게!" 그리고 그는 위엄 있게 손을 내밀었다. 이날부터 나는 그를 나의 몸종이라고 놀렸다. 그가 이 농담을 알아채기는 했겠지만, 그는 자신이 언제나 옳다고 확신하는 인물이었다.

보들레르는 함께 있을 때 결코 지루하지 않았던 드문 이들 중 한 사람이었다. 그는 토론을 즐겼는데, 말을 하면 할수록 끊임없이 격해져 갔다. 때때로 토론만 하면서 정오부터 자정까지 시간이 흐르는지도 몰랐다. 자신은 결코 틀리지 않는다는 그의 순진한 믿음이 어떨 때는 아주 우스꽝스러워 보였다.

그는 한동안 친구들에게 가서 하루 이틀 밤을 재워 달라고 부탁하곤 했는데, 여기에는 두 가지 이유가 있었다. 일단은 협소한 자신의 거처가 불편했기 때문이다. 애인이 있을 때면 성가셔 했고, 시도 때도 없이 들이닥치는 빚쟁이들은 기분을 망쳐 놓았다. 다음으로는 대화에 대한 끊임없는 욕구가 그 이유였다. 그는 얼마나 여러 번 느지막한 저녁 시간에 헐레벌떡 내 집에 쳐들어왔던가. "친애하는 벗이여, 귀찮은 도움 하나를 부탁하러 왔다네. 내일 정오까지 《라 레뷰 드 파리》에 인쇄 원고를 넘기기로 약속했다네. 자네도 알다시피 내가 신경 쓰는 것은 마감 시간이 아니야. 내 작업 속도는 엄청나지 않은가. 16시간 안에 원고 한 쪽을 못 쓰겠나? 내게는 식은 죽 먹기지! (실은 정반대로 모든 꼼꼼한 사람들이 그러하듯 그의 작업 속도는 매우 느렸다.) 하지만 근심 걱정과 권태 때문에 내가 집에서 일을 한다는 것은 불가능하지. 그러니 내일 정오까지 반드시 내게 숙소 제공을 허락해 주어야만 하네. 물론 자네를 방해하지 않을 것이고, 소리도 내지 않겠네. 난 얌전한 아이처럼 굴거야……." 내가 말을 받았다. "잘됐네, 친구. 나는 외출해야 하고 잠 자려나 귀가할 테니 계제가 기가 막히군. 그러니 혼자 자네 집처럼 쓰면 되지." "오, 그래! 자네가 돌아올 때쯤이면, 일거리가 꽤나 진척됐을 걸세……. 보자, 이제 5시네. 먼저 저녁을 먹을까, 아니면 일이 모두 끝나고 나서 식사를 할까?" 내가 말했다. "그거야 자네 마음대로지. 어쨌든 자네 잠자리를 준비시키도록 함세." "오! 침대라…… 일 끝나고, 좋지! 오늘 밤 좀 쉬기 위해 한두 시간 정도 잠을 청할 수도 있겠지."

자정 무렵 귀가하면서 나는 한창 일에 몰두한 보들레르를 보게 되리라고 기대하고 있었다. 수위가 내게 말했다. "친구분은 열쇠가 없겠네요?" "아까 오후에 그 친구가 열쇠를 가져가지 않았나요?" "아닙니다. 그분은 다시 오지 않았는데요." 실제로 텅 빈 방에 남아 있는 것은 탁자 위에 보들레르가 놓아둔 작은 보따리와 영어 사전, 포 전집 한 권, 종이 뭉치와 가게에서 새로 사 온 값싼 펜들이었다. 나는 잠자리에 들었다.

1시경에 초인종이 울렸다. 보들레르였다. 그가 이를 악물고 두 손을 비비며 들어왔다. "젠장!" "무슨 일인가?" "아까 자네에게 말했듯이 저녁 식사하러 나갔었네. 식사를 마치고는 건강을 위해 산책 좀 하려고 큰길까지만 걸어야겠다는 생각이 들었지. 그런데 거기서 그놈의 S를 마주쳤다네. 이 한가하고 입이 가벼운 수다쟁이가 자정까지 말을 시키며 나를 잡아 두었지. 맥주를 마시며 S의 수다 간간이 나는 일거리를 생각했네. 모든 것이 내 머릿속에 쓰여 있지. 이것을 받아쓰게 할 물리적인 시간만이 필요할 뿐이야. (그러면서 그는 괘종시계를 슬쩍 쳐다보았다.) 이제 1시군! 앞으로 열한 시간이 남아 있어! 시간당 네 쪽씩 쓰면, 네 시간이면 충분할 걸세. 필요한 것보다 세 배나 많은 시간이 있는 셈이야! 그런데 자네는 내 잠자리를 마련해 놓았군. 사용하지는 않겠지만…… 하지만 만약에 S의 허풍 소리로 쌓인 피로를 풀려고 한두 시간만 눈을 붙인다면……?" "아니, 그건 안 돼!" "좋아! 그러니까 내가 자네처럼 수면 욕구에 충실하다고 생각하는군? 마음만 먹으면 반 시간 후에도 잠에서 깨어날 수 있다는 것을 모르는구면? 그래, 바로 그걸세. 글을 잘 쓰기 위해서 우선 누울 걸세. 그리고 나서 새벽 4시에 일어날 거야." "그렇다면 잘 자게나."

이튿날 아침 8시경에 잠이 깬 나는 친구 보들레르가 담요를 돌돌 말고서 얼굴을 침대와 벽 사이에 처박고 잠들어 있는 것을 발견하였다. 한참이 지난 후 그가 낭랑한 목소리로 내게 말을 걸었다. "한참 전부터 깨어서 자네를 보고 있었지." 책상 위에는 여전히 종이가 준비되어 있지 않았고, 책들도 펼쳐져 있지 않았다. 내가 말했다. "인쇄할 원고의 작업을 쏜살같이 끝냈나?" "농담하나! 장난치지 말게!" "그렇다면 단 한 줄도 안 썼단 말이군." "그렇게 됐네! 난 게으름에 지고 말았어." "그러면 잡지사에는 뭐라고 말해야 하지?" "내가 설명할 걸세." "아무튼 8시밖에 안 됐으니, 아직 네 시간이 남아 있네." "음, 농담은! 말도 안 되는 소릴세." 보들레르에게는 잡지사에 가지 않으면 그뿐인 그런 대수롭지 않은 일이었다. 그는 나와 함께 점심을 먹었고, 우리는 오후 내내 이야기를 나누었다.

이런 장면은 여러 차례 되풀이되었다. 모두를 압도할 멋진 글을 써야 한다든지 시간에 쫓겨 쪽 작업으로 글을 써 내야 한다든지 항상 그럴듯한 핑계를 댔지만 결코 성공한 적은 없었다. 이런 식으로 그는 나다르, 레스페스, 뒤퐁의 집에 얹혀살러 다녔다. 트레비즈의 말에 따르면, 그는 한 친구의 소파에서 6주 동안 이런 식으로 계속 지냈다고 한다.

보들레르는 자신의 시를 매우 즐겨 낭송하였다. 그에게 사람들이 가장 자주 낭송 요청을 했던 시는 「살인자의 술」, 「붉은 머리의 여자 거지」, 「델핀과 이폴리트」 등이었다. 「살인자의 술」을 낭송했던 저녁 식사 자리에서 배우 티스랑이 그에게 이 시를 가지고 2막짜리 연극 한 편을 만들라는 아이디어를 제안했다. 물론 그 연극에서 티스랑 본인이 주역을 맡을 것이었다. 가칭 「술주정꾼」이라 불린 이 드라마가 한동안 화제였는데, 나중에는 극의 규모가 훨씬 더 커지게 되었다. 선원들이 북적이는 술집은 열대의 섬들에서 가져온 앵무새나 원숭이 등 기이한 것들로 가득하고, 그 앞에는 배의 갑판이 무대장치로 설치되어야 했다. 희곡은 언제나 거의 완성되어 있었지만, 모든 작업을 갑자기 멈춰 버리게 했던 것은 소품이나 세세한 무대 장식, 즉 반드시 무대에서 재현해야만 하는 식민지의 나무 한 그루가 없다는 이유였다.

오페라의 경우도 마찬가지였다. 어려움은 에밀 투에 씨를 찾아내는 일이었다. 그는 오래전에 발렌티노 극장에서 연주된 교향곡들의 작곡가로서, 보들레르는 음악을 맡길 사람으로 그가 아니면 안 된다는 식이었다. 도대체 어디에서 에밀 투에 씨를 찾아낼 것인가? 일이 지체되고, 그러는 동안 작업 구성은 제멋대로 진행되었다. 결국 이 오페라는 막판에 발레로 바뀌어 버리고 말았다.

보들레르는 사업적인 대화를 하거나 상점에서 흥정을 할 때 불리해지면 임기응변식의 술책을 사용했다. 자기 딴에는 매우 교묘하다고 여겼지만, 오히려 나쁜 결과로 되돌아오곤 했다. 이로 인해 나도 피해를 받았는데, 그에게는 어딜 가든 누군가를 꼭 대동하는 기벽이 있기 때문이었다. 이것은 언제나 관중을 필요로 하는 시인이나 극작가의 강박관념에서 비롯된

것이리라. (중략)

빅토르 위고의 명작『레 미제라블』에 관한 최고의 비평은 보들레르의 논평일 것이다. 그는 화가 나서 말했다. "한 푼짜리 동전을 훔쳤다고 양심의 가책을 느끼고, 몇 시간이고 고민하며 미덕의 가치를 논하는 이 감상적인 죄인들은 도대체 누구인가? 나 자신도 소설을 쓸 예정인데, 그 안에 흉악범을 등장시킬 것이다. 살인자, 도둑, 방화범, 해적 같은 진짜 흉악범들 말이다. 내 소설은 다음의 문장으로 끝나게 될 것이다. 나를 존경하는 가족, 사랑하는 아내와 아이들에 둘러싸여 내 모든 죄악의 열매를 평화로이 즐기리라, 내가 심어 놓은 불의의 나무 그늘 아래에서." 사실 어떤 이도 그보다 더 엄정한 정신의 고결함은 갖지 못할 것이다. 분명 그는 빅토르 위고를 흠모했지만,『레 미제라블』이라는 책의 거창한 교훈이 짓누르는 모순들에 매우 자극받은 것이다. 그가 혐오했던 것은 거짓된 감수성, 고결한 범죄자들, 천사로 포장된 창녀들이었다. (중략)

그는 다른 이들의 신경을 자극하는 특별한 재능을 타고난 것 같다. 특히 상대의 마음에 들려거나 설득하려는 의도를 갖는 순간에 더욱 발동되었기에, 흔히 역효과로 귀결되곤 했다. 하지만 그는 이런 행동에서 즐거움을 느꼈던 것도 사실이다. 언젠가 그가 확신에 차서 말했다. "바보들로부터 미움을 받다니, 얼마나 기분 좋은 일인지!"

아슬리노의 보들레르(이건수)

『악의 꽃』의 시인 보들레르(1821~1867)의 가장 충실한 친구였던 샤를 아슬리노(1820~1874)는 시인이 사망한 지 2년 만에『샤를 보들레르의 생애와 작품』을 펴냈다. 이 책은 최초의 보들레르 평전이라는 역사적 의미를 갖는다. 보들레르와 아슬리노 두 사람 모두 이렇다 할 직업이 없이 신예 미술비평가로 자처하던 1845년 루브르 전시장에서 처음 만난 이래, 아슬리노는 문인들 중 그 누구보다도 보들레르의 든든한 지원군이었다. 「보들레르 일화집(Baudelairiana)」은 '존경심과 진지함'이 주조를 이룬 평전에서 차마 다룰 수 없었으나, 절친한 친구로서 몸소 겪은 보들레르의 기이한 언행들을 추려서 한데 묶은 것이다. 그 사람을 속속들이 알아야 그가 쓴 작품도 제대로 이해할 수 있다는 이런 입장은 "작품이 바로 그 사람이며, 그 대표적인 예가 보들레르이다."라는 앞선 평전의 결론과도 일맥상통한다.

샤를 아슬리노는 시인보다 1년 먼저 태어난 작가이자 미술비평가이다. 파리의 명문 콩도르세중등학교를 졸업하고, 의학 공부를 시작하자마자 문학을 위해 학업을 포기해 버렸다. 콩도르세 시절의 동창생 중에는 수많은 동시대 유명인들의 사진을 예술적으로 찍은 펠릭스 나다르가 있다. 도서관에서 근무하며 여러 문예지에 기고하던 아슬리노는 『이중의 삶』(1858), 『애서가의 지옥』(1860), 『문인들의 천국』(1862) 등의 작품으로 이름을 알렸다. 이 두 사람은 서로의 작품에 대해 의견을 나누며 가차 없는 비평을 주고받았다. 예를 들어 보들레르의 「알바트로스」는 원래 3연 시였는데, 아슬리노의 의견을 받아들여 4연 형태의 명시로 완성된 것이다.

문학 청년 시절부터 우정을 나누었던 보들레르가 1857년 『악의 꽃』 출판 직후 소송에 휘말리자 아슬리노는 그를 옹호하는 기사를 썼다. 이 글에서 아슬리노는 "간결하지만 심오한 그의 시는 응축된 형식과 돌연 빛을 발하며 폭발하는 이미지가 특징이다."라고 『악의 꽃』의 본질을 적시한다. 또 한편으로는 승소하기 위해 동분서주하는 시인의 곁을 지키며 도와주었다. 「보들레르 일화집」에 나오는 에피소드 중에는 보들레르가 본인에게 호의적인 서평을 받아 정부 관보에 게재하기 위해 신문사 앞에서 고군분투하는 장면이 나온다. 보들레르는 자정까지 편집부를 드나들며 동태를 살폈는데, 그 옆에는 하루 종일 아슬리노가 붙어 있었다. (이 장면은 인명이 너무 많이 나오고 묘사가 지나치게 상세하여 이번 번역에서 제외되었다.) 부채에 몰린 보들레르가 남발해 대는 약속어음을 들고 급전을 융통하러 이리저리 다닌 이도 신중하고 소심한 성격의 그였다.

말년의 보들레르는 빚쟁이들을 피해 브뤼셀로 건너가 2년 넘게 머물렀는데, 결국 이국 땅 객지에서 반신불수와 실어증에 걸렸다. 브뤼셀로 달려온 모친과 함께 1866년 7월에 귀국했는데, 이때 파리의 북역(北驛)으로 마중 나온 아슬리노는 안쓰러운 마음에 왈칵 눈물을 쏟았고, 이런 친구를 보자 시인은 반가움에 괴성을 질렀다고 한다. 이듬해 9월 2일 보들레르의 장례식을 주도한 이도 아슬리노였다. 보들레르가 사망한 후 모친은 시인의『보들레르 전집』간행을 아슬리노에게 맡겼는데, 그 일환으로 나온 것이 보들레르의 또 다른 문단 친구인 방빌과 공동 편찬한『악의 꽃』3판이다. 샤를 아슬리노가 1874년 타계했을 때 방빌은 추도사에서 "사랑하고 동시에 찬미하는 것이 그의 신조였다."라고 정곡을 찔렀다. 이렇듯 그의 삶은 보들레르를 오랜 벗으로 사랑했으며, 위대한 시인으로 흠모한 충실한 일생이었다.

우울의 고백

1판 1쇄 찍음 2022년 5월 10일
1판 1쇄 펴냄 2022년 5월 19일

지은이 샤를 보들레르
옮긴이 이건수
발행인 박근섭, 박상준
펴낸곳 (주)민음사

출판등록 1966. 5. 19 (제 16-490호)
서울특별시 강남구 도산대로 1길 62(신사동)
강남출판문화센터 5층 (우편번호 06027)
대표전화 02-515-2000
팩시밀리 02-515-2007
www.minumsa.com

978-89-374-7023-3 (94800)
978-89-374-7020-2 (세트)

잘못 만들어진 책은 구입처에서 교환해 드립니다.